ルパパはじめました。

榛名 悠

幻冬舎ルチル文庫

CONTENTS ✦目次✦

ダブルパパはじめました。

✦カバーデザイン＝久保宏夏（omochi design）
✦ブックデザイン＝まるか工房

イラスト・街子マドカ✦

ダブルパパはじめました。

■1■

日曜の午後五時、フクフクマーケットの精肉コーナーは戦場と化していた。

「本日の目玉、合挽《あいび》きミンチは何と、現在の表示価格から五割引き、半額でのご提供です！　その他盛りだくさん、お肉のタイムセール。さあさあ早い者勝ちですよ！」

うわあああああと、一気に人の流れが押し寄せる。鉢巻きをした店員が「ああっ、危ないから押さないで！」と声を張り上げるも、そんなことはおかまいなしだ。ここは戦場。引いたら負けだ。あちこちで悲鳴と怒号が飛び交い、獲物を奪い合う主婦たちの目はギラギラと血走っていた。

「……しまった。完全に出遅れた」

死闘が繰り広げられる輪から一歩下がった場所に立ち尽くし、小玉宏斗《こだまひろと》は唖然《あぜん》とした。

割引き目当てで走ってきたのに、殺気立った主婦の背中しか見えない。このままでは夕飯のハンバーグが作れなくなってしまう。

「ミンチ、残りわずか！」

ハッと我に返った。宏斗は買い物カゴを持ち直す。こんなところでぼんやりしてはいられない。あいつらは今朝からハンバーグを楽しみにしているのだ。

意を決して群れの中へ突進する。ボーンと、バランスボールみたいなおばさんの尻に跳ね返された。「クソッ、負けるもんか」宏斗はコースを変えて再度突入を試みる。

「これがミンチ最後の一パック！　どなたですか、早い者勝ちですよ！」

「はいはいはい！」

声を上げて人を掻《か》き分ける。

店員まであとおばさん三人分。ワゴンには他にも二割引きシールを貼った鶏モモや豚バラパックも積み上げられていて、みんな必死だ。左右からぎゅうぎゅうに押し潰《つぶ》されながら、手を伸ばす。店員と目が合った。最後の一パックが宏斗の前に差し出される。白い発泡スチロールの感触が指先に触れる――と、その時だった。

ひょいとどこからか手が伸びてきて、ミンチパックを横取りしていったのだ。

「ああっ！　俺のミンチ！」

宏斗は思わず悲痛な叫びを上げた。パックを横取りした手が一瞬、引っ込もうとして空中で動きを止める。その腕を辿《たど》って、持ち主の顔をキッと睨《にら》みつける。

ギロッと鬼のような鋭い眼光の男に睨み返された。

怖っ――宏斗は反射的にビクッと身を竦《すく》ませた。これは予想外の相手だ。歳《とし》は三十前後、スーパーマーケットの雰囲気から明らかに浮いている強面《こわもて》の男性。しかも、周囲から頭二つ分飛び出すほど背が高い。

ギロリと吊り上った目で威圧的に見下ろす仕草は、恐ろしいほど板についていて、とても堅気《かたぎ》とは思えなかった。咄嗟《とっさ》に本能が警鐘を鳴らす。見るからにかかわってはいけない部類の人間である。しかしそうはいっても、やはり納得がいかない。脳裏に浮かぶのは、ハンバーグを心待ちにする無邪気な園児二人の笑顔だ。

ごくりと喉《のど》を鳴らす。怖気《おじけ》づきそうになる気持ちをどうにか堪《こら》えて、宏斗は言った。

「そのミンチ、俺が先にもらうところだったんですけど。もうパックに触れてたし、それを横から掻っ攫《さら》うのはどうかと……」

「早い者勝ちだろ？　それとも、このパックにはあんたの名前が書いてあるのか？」

「――！」

あっさり返り討ちにあった。だが、正論なので言い返す言葉もない。悔しくて歯嚙《はが》みしていると、男がフンとバカにしたように鼻を鳴らした。

ムカッとしたその時、「タイムセール、終了でーす」と、店員が声を張り上げる。

「え⁉」

思わず振り返る。あれだけ群がっていた主婦が、まるで蜘蛛《くも》の子を散らしたみたいにいなくなり、空のワゴンを店員たちが片付けようとしていた。精肉コーナーは見事に売り切れてガランとしている。目をつけていた鶏モモもすべて消えていた。

「ヤバイ、明日のお弁当用の唐揚げが……あっ、そうだ！　ミンチ――」

慌てて首を戻す。しかしすでに遅く、もうそこに男の姿は見当たらない。広い通路には宏斗と空っぽの買い物カゴだけがぽつんと取り残されていた。

ドンッと包丁を振り下ろす。

「くそっ、何なんだよ、アイツ！」

まな板の上で大根がパカッと真っ二つに割れた。

「ちょっと背が高くて、ちょっと手が長いからって。あっさり人の頭の上から横取りするとか、人として最悪だろ。なーにが、『早い者勝ちだろ？　それとも、このパックにはあんたの名前が書いてあるのか？』だ！　あーもー腹立つ！　あのヤクザ男め」

フンと勝ち誇った男の顔が、家に帰ってからも瞼《まぶた》の裏に焼き付いて離れない。苛々《いらいら》しながら味噌汁《みそしる》用の大根を切っていると、ピンポーンと玄関チャイムが鳴った。

「たっだいまー」

ドアが開いて、甲高《かんだか》い子どもの声が入ってくる。羽海《うみ》と空良《そら》だ。保育園のお友達の家に遊びに行っていた双子が帰ってきた。

「お帰り。あ、咲哉《さくや》くん。こんにちは、今日は遊んでくれてありがとうね」

玄関ではうちのチビたちが靴を脱いでいるところだった。仲良しの咲哉が苦戦している空良を手伝ってくれている。ドアを開けたところに、宏斗と同世代の男性が立っていた。咲哉の父親だ。「こんにちは」と挨拶を交わす。

「すみません、神崎《かんざき》さん。お休みなのに、送っていただいてありがとうございました」

「いえいえ。こちらこそ、遅くなってすみません。うちの子も羽海くんと空良くんと遊べて喜んでましたし、俺も久々に公園で走り回りましたよ。小玉先生は夕飯の支度をされてたんですか？　すごいですよね、俺なんて料理はまったくできないから」

エプロン姿の宏斗を見て、神崎が感心するようなため息をついた。小玉先生と呼ばれているのは、宏斗が保育園で働いているからだ。双子と咲哉は同じ五歳児クラスで仲が良く、神崎とはパパ友でもある。といっても、双子は宏斗の子どもではない。正確には甥っ子だ。その辺りの事情も保護者にはいつの間にか広まっていたので、神崎も奥さんから耳にしているはずだった。

「いや、俺も全然。見よう見まねで適当に作ってるだけですから」

「今日は、ミンチが安いからハンバーグなんだよ！　サクくんもいっしょに食べる？」

「ヒロくんの作るごはんは全体的にちょっとあれだけど、みんなで食べたらおいしいよ！」

「こら、うるさいぞ」

生意気なことを言ってはしゃぐ双子を、宏斗は急いで奥の部屋へと押しやった。おかしそうに笑っていた神崎が「それじゃ、これで」と、咲哉の手を引いて帰っていく。

二人を見送り、宏斗は台所に戻った。

「あれ？　ハンバーグがない」

「きっとこれから作るんだよ」

「そっか、ヒロくんはあんまりいっぺんにたくさんのことはできないから仕方ないね」

「おなかすいたけど、もうちょっと待ってあげないとね」

ひそひそと話す双子の背後に立つ。五歳にもなるとどこで覚えてくるのか、喋《しゃべ》る内容も一人前だ。

「悪かったな、手際が悪くて。ほら、外から帰ってきたらまず手洗いうがいだろ」

「ねえねえ、ぼくのハンバーグ、クマさんにしてよ。このまえ作ってくれたみたいに」

「ぼくはお星さまがいい！」

両側から小さな手がシャツを引っ張りねだってくる。宏斗は若干後ろめたく思いながら、二人の頭をぽんぽんと宥《なだ》めるように叩《たた》いた。

「残念なことに、今日のハンバーグは中止になったんだ」

「「ええっ⁉」」

「二人揃《そろ》ってそんな悲愴感丸出しの顔するなよ。仕方ないだろ。ミンチが売り切れだったんだから。俺だって頑張ってスーパーまで走ったんだよ。けど、変なヤツがいてさ。そいつが俺のミンチを……っ」

思い出したらまた腹が立ってきた。

「とにかく、今日はメニュー変更。ハンバーグはまた今度な」

「えー、ハンバーグがいい」「ハンバーグ、ハンバーグ！」

さすが双子だ。ぷうっと頰《ほお》を風船のように膨らませるタイミングが、鏡を見ているかのように息ぴったりだった。

「ほら、むくれるなよ。クマさんとお星さまはまた今度作ってやるから」

ブーブー文句を垂れる二人の背中を押して、洗面所へ連れて行く。

チビたちは渋々歩いていたものの、洗面所に着くと自分たちで踏み台を持ってきて石鹼《せっけん》でごしごし手を洗い、それぞれのコップに水を溜《た》めしっかりと喉を鳴らしてうがいをした。

手洗いうがいは、二人をこの家に引き取ることにした一年前から、すでにちゃんとできていた。若くしてこの世を去った彼らの母親がきちんと息子たちを躾《しつ》けていた証《あかし》だった。

シングルマザーだった五つ年上の姉の葵《あおい》は、幼い頃から明るく活発な女性で、病気とは無縁の人だった。だから、突然職場で倒れたと連絡を受けた時は、一瞬何かの冗談ではないかと疑ったのだ。しかし、神様は残酷なもので、女手一つで二人の子どもを一生懸命育てていた彼女は、そのまま一度も目を覚ますことなく息を引き取った。くも膜下出血だった。

前兆として酷《ひど》い頭痛があったはずだと医者に言われ、宏斗は愕然《がくぜん》としたのを覚えている。

顔を合わせればいつだってにこにこと笑っていた姉は、弟の宏斗にもそんな素振《そぶ》りは一度も見せなかったからだ。

亡くなる二日前にも一緒に食事をしたばかりで、その時も彼女はいつも通りだった。声を上げて笑って、狭い部屋を走り回る子どもたちを叱り、最後はきまって宏斗の心配をしてくれた。当時、アルバイトをかけ持ちしつつ小さな劇団で稽古に励んでいた宏斗を、姉は応援し陰で支えてくれていたのだ。

宏斗が高校生の頃に事故で両親を亡くして以来、姉には世話になりっぱなしだった。感謝してもしきれない。まさかこんなに早く逝ってしまうとは考えてもみなかった。迷惑をかけてばかりで恩返しのひとつもできなかったことが、ずっと心の底に鉄杭《てっくい》の如《ごと》く突き刺さり、今でも最大の後悔として残っている。

それから宏斗は大学に在学中から所属していた劇団を退団し、姉の忘れ形見である双子を引き取って三人で暮らしていくことに決めた。

彼らの実の父親は、息子たちが物心つく前からすでにいなかったので、二人は父親というものを知らない。宏斗もほとんど会ったことがなかった。海外を飛び回っている自称写真家で、葵とは結婚してたった二年ほどで離婚し、今も行方《ゆくえ》知れずだ。葵も連絡は取っていなかったようで宏斗としてもどうすることもできず、自由人の彼はいまだに彼女が亡くなったことすら知らずに地球のどこかで呑気《のんき》に暮らしているのだろう。

洗面所からキャッキャとはしゃぎ声が聞こえてきた。

「こら、いつまで手を洗ってんだ。水で遊ぶな、もったいないだろ」

少し目を離すとすぐこれだ。お互い隣に一番の遊び友達がいるので、狭い家の中は毎日嵐がきたような騒ぎである。五歳児の体力をバカにしてはいけない。それがダブルで襲ってくるとあれば、いくら二十七歳の若い健康な体をもった宏斗でも夜になる頃にはもうくたくただった。だが、この家にやって来た当初の彼らを思えば、これだけ元気にはしゃぎ笑っている姿を見るとホッと安堵《あんど》する。何度も顔を合わせていた宏斗にすら遠慮して何も言い出せなかった二人が、今は懐いて甘えてくれるのが嬉《うれ》しかった。

「ほら、二人とも早くこっちに来て、皿と箸《はし》を並べてくれ」

「はーい」と、甲高いユニゾンが聞こえてくる。トタトタと駆け寄ってくる足音までそっくりだ。

「ハンバーグはできなかったけど、今夜はステーキだぞ」

ドンと六畳間のちゃぶ台に皿を置いた。

「わあっ」「ヒロくん、ふとっぱら」と目をキラキラ輝かせて覗《のぞ》きこんだ二人が、さっそく箸を皿に伸ばす。「いただきます！」

しかし、口に入れた途端、輝いていた目から一瞬にしてシュンと生気が抜け落ちた。もきゅもきゅと口を動かしながら盛大に顔をしかめる。

「……お肉じゃないね」

「……うん、ちがうね」

「だまされたんだ、ぼくたち」

「子どもだと思ってバカにしてるんだ。大人はずるいよ。ヒロくん、これ何？」

二人の恨みがましい眼差《まなざ》しが宏斗に向けられる。

「人聞きの悪いこと言うんじゃない。コンニャクステーキだよ。ちゃんと焼肉のタレで味付けしてあるだろ？」

「残念だけど、ハンバーグのかわりはコンニャクにはつとまらないよ」

「お口がお肉の味になってたから、がっかりも二倍だね」

「ヒロくん、お料理はなかなかうまくならないけど、ニセモノを作るのは上手だよね」

「この前も、トーフをトリニクだって言いはったし。ぼくたち、ホンモノを知らないまま大人になっちゃうよ」

本当に口だけは一人前だ。

「つべこべ言ってないで、早く食べなさい。ほら羽海、モヤシもちゃんと食べなさい。空良はトマトをへりに除《よ》けるな。好き嫌いしてると大きくなれないぞ」

一年前までは不規則な一人暮らしをしていたため、自炊はほとんどしたことがなかった。食事はバイト先や姉の手料理をあてにし、自宅には炊飯器すらない有様だった。そんな自分が双子を引き取るにあたって、本とにらめっこを繰り返し、これでも必死に一から覚えたのである。食べられるものが作れるようになっただけマシだ。

「今日ね、公園でウガトラエースに会ったんだよ」

「ウガトラエース？」と、宏斗は羽海を見た。

するとと今度は空良が興奮したように立ち上がり、「ウガーッて現れて、羽海を助けてくれたんだ！　ウガーオッ」拳を前に突き出して、宏斗に向かって叫ぶ。現在テレビ放送している戦隊シリーズのヒーローだ。羽海まで立ち上がって、二人でウガウガやりはじめた。

「こら、うるさいぞ。ちゃんと座ってごはんを食べろ。何だよ、ウガトラエースって。イベントか何かやってたのか？」

神崎に連れて行ってもらったのだろうか。だが、遊んだのは近所の公園だと聞いている。

「ちがうよ。サクくんもいっしょに三人でジャングルジムで遊んでたら、羽海が落ちそうになったんだ」

「そしたら、ウガトラエースがビュンって走ってきて、助けてくれたんだよ」

「は？　そういえば、咲哉くんパパもそんなこと言ってたな。ウガトラエースって、通りすがりの親切な男の人のことか？」

先ほど神崎から説明を受けて謝られたのだ。ジャングルジムで遊んでいた時のことだ。神崎は一番上るのが遅い咲哉の傍《そば》についていた。その間に、先に天辺《てっぺん》に辿り着いた羽海と空良がじゃれあって、羽海が足を滑らせたという。それを目撃した、偶々《たまたま》通りかかった男性が駆けつけ助けてくれたのだ。

「すっごく背が高くて、ジャングルジムの上に顔があったんだよ。巨人だった」

「でも、本部からのヨーセーで戦いにいってしまったんだ」

「？」

子どもの話は突飛すぎて、時々大人の理解の範疇《はんちゅう》を超えている。要するに、羽海を助けてくれた親切な背の高い男性は、何か用があって急いでいたらしい。腕時計を確認し「時間がない」と猛スピードで走り去ったということだった。

「へえ。よかったな、いい人が通りかかってくれて。ちゃんとお礼を言ったか？　遊具で遊ぶ時は気をつけなきゃダメだって、保育園でも習っただろ」

「その時はウガトラエースがまた助けてくれるよ」

「ウガーッて来てくれる。かっこよかったなあ、ウガトラエース」

二人はうっとりと夢見がちな顔をして、公園でのヒーローとの邂逅《かいこう》に思いを馳《は》せていた。

「ふうん、そんなにかっこよかったのか」

保護者としては感謝すべきところだが、がっちり園児の心を摑《つか》んだかっこいいヒーローには少々嫉妬じみた興味が湧《わ》く。どんな男なのだろう。

ウガトラエースの印象は強烈だったようで、双子は寝言でもウガウガ言っていた。

宏斗の勤め先の『つばさ保育園』は、私立の認可保育園である。

現在は正規の保育士として働いているが、一年前まではアルバイト扱いだったのだ。

生前は保育士だった母親の影響で進路を決めたものの、在学中に演劇と出会い、次第にそちらの道にどっぷりとはまってしまった。一時は本気で中退も考えた。だが、姉に説得されて考え直し、大学で保育士資格だけはどうにか取得したのだ。卒業後は保育士と居酒屋のアルバイトをかけもちしながら、劇団の稽古に励んでいたが、姉の死をきっかけに、園長に頼み込み正職員として雇ってもらったのである。

同時に羽海と空良の転園も受け入れてもらい、本当に助かった。

最初のうちは事情が事情なので二人して塞《ふさ》ぎ込んでしまい、なかなか馴染《なじ》めなかったが、もともと母親譲りの明るい性格をした子たちだ。徐々に友達もできて、今ではすっかり五歳児クラスのムードメーカー的存在になっていた。

「今日も一日頑張ってこいよ」

いつも通り、教室の前までくると宏斗は双子の頭を撫《な》でた。宏斗の出勤時間に合わせて一緒に登園するため、まだ部屋に他の園児の姿はない。

「うん、ヒロくんもね」

「しっかりがんばってね」

生意気な二人の額をピンと指先で弾《はじ》く。「ううっ。やったな、ヒロヒロ怪人め！」「ウガトラビーム！」まだ彼らのウガトラエースブームは続いているようだ。二人から両脛《りょうすね》を蹴《け》られた宏斗は、「こら！」と拳《こぶし》を上げるフリをする。わーっと逃げ回る双子を追いかけていると、五歳児クラスの担当保育士がやって来た。

「おはようございます、菜々子《ななこ》先生」

「おはようございます。今日も羽海くんと空良くんは元気いっぱいですね。そうそう、宏斗先生。今日から新しい保育士さんが来ることになってるじゃないですか」

「ああ、そういえば」

先月、家庭の事情で退職した年輩保育士に代わって、今日から新たに職員が一人加わることになっていた。

「男の先生らしいですね。昨日もいらっしゃっていたようなんですけど、私はまだ顔を合わせていなくて。三歳児クラスの担当になるんですよね。宏斗先生はもう会われました？」

「実は僕もまだなんですよ。土曜にいらした時もタイミングが悪かったみたいで、職員室に戻ったらもう帰られた後だったんです。他の先生から男の先生だとは聞いてたんですけど」

噂の彼は先週顔合わせのために挨拶をしに訪れる予定だったが、前の職場で何やらあったようで、現れなかったのだ。ベビーシッターの派遣会社で働いており、保育士資格を所有しているその人物を園長が引き抜いたという話だった。

「男の先生が増えると、これから運動会やお遊戯会があるので力仕事が助かりますね」

菜々子先生は大歓迎のようだ。現在、つばさ保育園に男性保育士は宏斗一人なので、確かに助かる。アルバイトの頃からそうだったが、行事の準備になると、もう一人男手が欲しいと常々思っていたのだ。

子どもたちを菜々子先生に預けて、宏斗は職員室に向かった。

荷物を置き、エプロンを着けて連絡事項を確認する。その時、「宏斗先生」と声をかけられた。振り返ると、戸口に小柄な女性が立っていた。

「あ、おはようございます、園長先生」

「おはようございます」

園長の小岩《こいわ》だ。五十半ばの小柄な女性園長だが、いつもぴんと背筋を伸ばし、言うべきことはきちんと言う頼りがいのある人物である。宏斗は双子の件も含めて、彼女に本当によくしてもらっているので頭が上がらない。

「今いいかしら？　今日から働いてもらう新しい先生を紹介したいのだけれど」

小岩がにこにこしながら部屋に入ってくる。

「ああ、はい。一昨日《おととい》もいらっしゃっていたと聞いたんですけど、僕はまだお会いしてなくて。男の先生なんですよね？」

「ええ、そうなの。本当は最初に宏斗先生に紹介して、園内を案内してもらえたらよかったんですけどね。同い年だから気も合うと思ってたのに、いろいろと順番が入れ替わってしまってごめんなさいね。浦原《うらはら》先生」

彼女の頭上にすっと影が差した。戸の陰から浦原と呼ばれた男が姿を現す。

小柄な小岩に据えていた視線を上げる。だが、いくら見上げても目が合わない。男の顔の高さにちょうど鴨居《かもい》があったからだ。小岩の背後からチノパンの長い足が一歩前に出て、職員室の床を踏む。

背が高い。そう思った時、ゴンッと痛そうな音を立てて、浦原が鴨居にぶつかった。

「あらあら、またぶつけたの？　大丈夫？　気をつけて下さいと言ったのに」

「……すみません」

バツの悪そうな低い声が謝った。小岩は「本当にこんなところに額をぶつける人を初めて見たわ」と、呑気に笑っている。

「あの、大丈夫ですか？」

代わりに、心配して宏斗が訊《たず》ねた。

「冷凍庫に氷があるんでタオルに包んで持ってきましょうか」

「いや、大丈夫です。大したことないんで……」

ひょいと今度はきちんと鴨居をよけて、浦原が入室する。宏斗も内心わくわくしながら迎え入れる。宏斗一人では肩身の狭い女性社会に、ようやくやってきた男の同僚だ。しかも同い年。どんな人物なのだろう。小岩園長が連れてきたのだから、しっかりした保育士に違いない。子ども好きのする爽《さわ》やかな外見を思い浮かべて、期待に胸が膨らむ。

しかし、現れたのは爽やかとはほど遠いヤクザな男だった。

想像とは百八十度違う目つきの悪い強面に、一瞬ここが保育園だと忘れそうになる。ぎょっと反射的に一歩後退《あとじさ》り、そして、「あっ」——宏斗は自分の表情が固まるのがわかった。

思わず指を差し、叫んだ。

「あっ、あんた、昨日のミンチ横取り男！」

見覚えのある強面が、吊り上った目でギロッと宏斗を睨みつけてきた。びくっとする。あまりに鋭い目つきに怖気づき、思わず目を逸《そ》らす。咄嗟に手を引っ込める宏斗を、男はじいっと見やり、そして思い出したように「ああ」と言った。

「スーパーで言いがかりをつけてきたおかしなヤツ」

「誰がおかしなヤツだ！　あんたのせいで、うちは昨日ハンバーグを食べられなかったんだからな」

言い返すと、浦原がフンとバカにしたみたいに鼻を鳴らした。

「そんなことは知るか。早い者勝ちだ。とろい方が悪い」

「とろくない！　大体、店員さんとも目が合って、むこうも俺に渡すつもりで差し出してくれてたんだよ。それを横から掻っ攫っていったくせに。園長先生、まさか新しい保育士ってこの横取り男のことなんですか⁉」

わかり切ったことを訊ねる宏斗に、小岩が嬉しそうに頷《うなず》く。必要な場面では保護者にも職員に対しても厳しく接するが、普段は温厚でおっとりとした優しい人なのだ。

「あらあら、二人とも知り合いだったのね。よかったわ、それじゃあ浦原先生は宏斗先生にお任せしましょう。浦原先生にはつくし組をお願いするので、詳しいことは宏斗先生に聞いて下さい」

「えっ、園長先生、ちょっと待って下さい。いきなりこんな大男が現れたら、子どもたちがびっくりしますよ」

焦って反論すると、小岩が「そうかしら？」と首を傾《かし》げた。

「こう見えてすごく優秀な保育士さんなのよ。今まではベビーシッターをしていたけど、子どももよく懐いていたと聞いているわ。浦原くんはいつもムッツリしてるけど、本当は子どもが大好きなのよね？　まあ、慣れるまではちょっと時間がかかるかもしれないから、そこは宏斗先生がフォローをお願いしますね。浦原くん、宏斗先生はもうここは長いから、わからないことがあれば何でも彼に聞いて早く覚えてちょうだいね」

「はい、わかりました」

浦原が殊勝に頷いた。

「これからよろしく、宏斗先生」

右手を差し出されて、面食らった。

小岩がにこにこと見守っている。宏斗は渋々と手を差し出す。

「……こちらこそ」

摑んだ途端、ぎゅうっと力いっぱい握られた。「――！」宏斗は声にならない悲鳴を上げたが、何も知らない小岩はにこにこと微笑《ほほえ》んでいる。浦原はしれっとしていた。

「……っ、よ、よろしく、浦原センセ！」

笑顔をぴくぴくと引き攣《つ》らせて、宏斗も思いっきり握り返してやった。

■2■

つばさ保育園に新しくやってきた浦原伊澄《いすみ》先生は、百八十八センチの長身と鋼《はがね》のような筋肉を持ち、立っているだけで周囲に多大な威圧感を与え更に顔まで怖いという、およそ保育園には似つかわしくない男だった。どちらかというと、園の敷地を奪いに来た地上げ屋と言われた方がしっくりくる。

しかし、こんな怖い見た目でも正真正銘保育士資格を持っており、ここに来る前はベビーシッターをしていたというのだから、人は見かけによらない。

「……ったく、何なんだよ。力いっぱい握りやがって、バカ力め」

宏斗は赤く指痕《ゆびあと》の残る右手をさすり、ブツブツと文句を言いながら廊下を歩いていた。人一人分の距離をあけて、隣を浦原が歩く。

「そっちだって握り返してきただろ。細いくせに意外と握力はあるんだな。細いのに」

「二回も言うな、細くねーよ。俺は普通だ。お前がでかすぎるんだろ。リーチの差を見せつけるみたいにして俺からミンチを奪ったくせに」

「まだ根に持っているのか。しつこいヤツだな」

「うるせえよ」

忌々《いまいま》しく思いながらキッと睨《ね》めつける。昨日の最悪な第一印象が尾を引き、更に同い年だとわかっては、態度を取り繕う気にもなれなかった。そしてあの挑発的な握手。待ち望んでいた男性保育士の同僚だが、どうやらちっとも仲良くなれそうにない。

隣に立つと本当に背が高く、体格もいいのがよくわかる。

顔は相変わらずの無表情だ。生粋の日本人顔だが彫りが深く、一つ一つのパーツがはっきりしている。見ようによっては男前なのかもしれないが、全体的な雰囲気は完全に極道映画に出てくるそれだった。そんな顔をして黄色いクマのキャラクターが描かれたエプロンを着けているものだから、余計に怖いのだ。蜂蜜を舐《な》めているクマさんが、浮き上がる筋肉でピチピチに引き伸ばされて、大変気の毒なことになっている。

「……エプロンはもう少し考えて買えよ。おまえにそれは似合わないだろ」

「そうか？」浦原が不思議そうに首を傾げた。「前の職場では評判がよかったんだがな」

話してみると思ったよりも普通だった。低くてわりといい声をしている。喋り方も一語一語はっきりしているので、聞き取りやすい。外で遊んでいる子どもたちに声をかける時は、遠くまで届いて重宝しそうだ。

「あとはその顔だな。怖くて子どもが泣いたらどうするんだよ。怖がらせるなよ」

「大丈夫だ。これまでも何人もの子をこの腕に抱いてきたんだ。男も女もあっという間に虜《とりこ》になって、もっと抱いてくれと擦り寄ってくる」

その強面で真顔のまま言ってのけるものだから、宏斗はぎょっとした。まるで男女問わず見境なく相手にしてきた男の爛《ただ》れた武勇伝を聞いているみたいで、思わずこっちが赤面してしまいそうになる。「おい、言い方！」と、慌てて注意した。

「男と女じゃなくて、男の子と女の子！　抱いてじゃなくて抱っこして！　擦り寄るじゃなくてお願いしてくる——だよ！　今の会話をお母さんたちが聞いたら、お前は完全に変質者扱いだぞ」

「そ、そうか？」

戸惑う浦原が殊勝に頷いた。「わかった、以後気をつける」

仕事に関しての話なら、素直に聞き入れるようだ。そこは好感が持てる。

「まったく、ただでさえその見た目なのに。絵本に出てくる子ども攫いの鬼に似てるな」

「……失礼なヤツだな。そっちこそ本当に二十七か？　子どもみたいな顔をしているくせに。混ざったらわからなくなりそうだ」

「おい、バカにすんな！」

しかし、仕事以外では口が悪く厭味《いやみ》ったらしい男だった。宏斗はムッとしながらも少し傷つく。そこまで童顔ではないはずだが、確かに一般企業に勤める同級生たちと比べると自分が幼いと思うことはしばしばあった。顔ではなく、全体の雰囲気のことだ。宏斗は良く言えばいつまでも若々しく、悪く言うと年相応の威厳がない。これまで夢中になっていた劇団の稽古を理由にまともに就職もせず、フリーターに甘んじていたせいで、社会経験が足りないことは重々自覚していた。双子を引き取ってからは、それを痛感する毎日だ。

それに比べて、浦原はどんな人生を送ってきたのか、最初からやたら堂々としていた。外見も雰囲気も、実年齢以上に見える。表現に多少の乱れはあったものの、はきはきとした物言いや態度は、それまでの自分の仕事に絶対の自信を持っている表れのように感じた。小岩園長にも信頼されているようだし、どれほど凄腕《すごうで》の保育士なのだろうか。

若干の嫉妬を覚えつつ、宏斗はドアの上に掲げてあるプレートを指した。目と口のついたかわいらしいつくしのイラストが描かれている。

「ここが、これから浦原先生にも担当していただく、三歳児クラスのつくし組の教室です」

「はい」と、浦原が頷いた。

「それじゃあ、開けますよ」

ドアを開ける。廊下まで漏れていた甲高い声が、一気に膨らんで押し寄せてきた。

「あ！　ひろとせんせーだ」

子どもたちが一斉にこちらを向く。補助で入ってくれるパート保育士の沢渡《さわたり》と遊んでいた彼らがわらわらと寄ってきた。

「おはようございます」と言うと、舌足らずの声で「おはようございます！」と返ってくる。今日も元気いっぱいだ。

「今日はみんなに新しい先生を紹介します。浦原先生といいます。これからみんなと一緒に……あっ、タクミくん、シュウヤくん。どこ行くの」

園児が二人、片方の子がもう一人を追いかけるようにして、タタッと戸口に向かって走っていく。「かえてしてよ！」「やだね！」どうやら、タクミがシュウヤのオモチャを奪ったようだ。シュウヤは半泣き状態だ。

「こら、タクミくん。止まりなさい、部屋を出ちゃダメだよ」

「これはオレがさきにあそんでたやつだもん！　とったのはシュウくん……うぷっ」

廊下に飛び出ようとしたタクミが、突然何かにぶつかってぽーんと弾き返された。後ろにいたシュウヤを巻き込んで、二人して尻餅をつきそうになる。「危ない！」宏斗が叫んだ時、小さな彼らの前に立ちはだかった壁――もとい、廊下に控えていた浦原が、その長軀に似合わず俊敏な動きでショベルカーのように両腕を動かし、転倒寸前の二人を抱き上げた。

「……大丈夫か？」

いきなり現れた大男にびっくりしたのだろう。教室中が静まり返る。浦原に担ぎ上げられた二人は、目と口を丸くして固まっていた。そして、

「――ひっ、うっ、うわあああん！」

二人同時に泣き出した。混乱はたちまち伝染し、一人の女の子が泣き叫ぶのを合図に、雪崩が起きたように次々と子どもたちが泣き出してしまう。狭い教室はパニックだ。

これにはさすがに予想外だったのか、おろおろとした浦原が助けを求めるように宏斗を見てきた。

「おい、どうしたらいい？」

そう訊《き》かれたって、宏斗も困る。子どもの扱いには妙に自信がある素振りを見せていたくせに、のっけから泣かせてどうするのだ。とはいえ、これは不可抗力なので浦原を責めるわけにもいかない。宏斗の足元には子どもたちがおびえるように身を寄せ、沢渡も彼らを宥めるのに必死だ。

「と、とりあえずみんなを落ち着かせないと。あと、そんな眉間《みけん》に皺《しわ》を寄せてるから余計に怖く見えるんだよ。顔がひきつってる、ちょっとは笑って」

「こ、こうか？」

浦原がにいっと無理やり口角を引き上げてみせる。一瞬、ピタッと黙ったタクミとシュウヤが、次の瞬間、はちきれんばかりの大声を上げて泣き叫んだ。

「うわああんっ、こわいよー」「ひろとせんせー、たすけて」

浦原の腕の中から、二人が身を乗り出して宏斗に救いを求めてくる。だが、抱きついてくる他の子どもたちで手一杯で、なかなかそちらに行けない。

「タクミくん、シュウヤくん、大丈夫だから。怖くない怖くない、本当はとっても優しい先生なんだよ。浦原先生は二人が転びそうになったのを助けてくれたでしょ——ああっ、危ないから暴れちゃダメだって」

いくらフォローしてみても焼け石に水だった。浦原の渾身の笑顔はなかなかに強烈で、大人でも引くほどだった。あちこちからビエーッと泣き声が上がり、子どもたちはまったく泣きやまない。

必死に腕から抜け出そうとして落ちかけるタクミとシュウヤを、参ったような顔をした浦原が慌てて床に下ろした。転がるように二人は走り、子どもたちに囲まれて団子のようになっていた宏斗目掛けて飛びついてくる。――手に負えない。

その時、場違いに明るい声が聞こえてきた。

「あー！　ウガトラエース！」

聞き覚えのあるその声に、宏斗はハッと顔をむけた。ちょうど廊下を通りかかった園児が二人、窓に張り付くようにして教室を覗き込んでいる。羽海と空良だ。

二人は走って戸口に回り、茫然《ぼうぜん》と立ち尽くしていた浦原の長い両足にしがみついた。

「なんでなんで？　なんでウガトラエースがここにいるの？」

「ねえ、ウガトラエース。ぼくのことおぼえてる？」

双子に口々に問われて、面食らった浦原が目を瞬《しばたた》かせる。

「……ウガトラ？　お前たちは、昨日ジャングルジムから落ちかけていた子どもだな。二人ともここの園児だったのか」

「うん、そう！」と、羽海と空良が嬉しそうに頷いた。

宏斗は驚く。双子が昨日、興奮気味に話して聞かせてくれた件《くだん》のヒーローが、まさか浦原だったとは。

「ねえねえ、ウガトラエース。いつ、こっちにもどってきたの？」

「なんでエプロンしてるの？　もしかして、ウガトラエースも先生になったの？」

「ヒーローのお仕事やめちゃったの？」

「フケーキだから？」

二人は両側から浦原を挟んで、無邪気に話しかけている。強面の大男を前に、まったく怖がる素振りも見せない年長クラスのお兄さんたちを見て、次第に教室の空気が変化しはじめた。あれほど大騒ぎしていた子どもたちがピタッと泣きやんだのだ。洟《はな》を啜《すす》りながら、三人のやりとりをじいっと不思議そうに見つめている。

「昨日のウガトラエース、かっこよかったよね」

「うん、すごくかっこよかったよね」

「ビュンってやってきて、ビュンって帰っていっちゃうから、ちょっとさみしかった」

「もっとウガトラエースと遊びたかったのに。わあ羽海、見て。すごい、手がぶっとい」

浦原の筋肉質な腕にぶらさがり、二人はキャッキャとはしゃぐ。浦原も自ら腕を持ち上げて、喜ぶ双子の相手をしてやっていた。

「昨日は急いでいたんだ。フクフクマートに行かないといけなかったからな」

「フクフクマート！　ヒロくんも昨日行ったよ」

「でも、お肉が買えなかったんだ」

「きっと、おばちゃんたちとのあらそいに負けたんだと思う」

「昨日のヒロくん、キーッてなってたもんね」

「ヒロくん？」と、浦原が首を傾げる。

宏斗は慌てて三人に駆け寄った。団子のようにしがみついていた子どもたちは、もうすっかり泣きやんで浦原たちを興味津々に眺めている。

「こら、二人とも。いい加減に先生から降りなさい」

「あっ、ヒロくん！」

まるで子猿みたいに浦原にしがみついていた双子が、今初めて宏斗に気づいたみたいに驚いてみせた。浦原を発見してそちらに夢中になっていたせいだろう。二人はハッとして「ちがった、ヒロト先生だった」と慌てて言い直す。園内では他の先生と同様、宏斗に対してもきちんと先生と呼ぶように言い聞かせているからだ。宏斗が歩み寄ると、双子は太くて頑丈な腕の鉄棒からパッと手を離した。

羽海はぴょんと上手に着地を決めたが、空良はバランスを崩してよろけてしまう。二人とも活発だが、運動神経は羽海の方がいい。すかさず浦原が手を回し、空良の小さな背中を支

げんきな
ごあいさつ

えた。

「この二人は小玉先生の子どもだったのか」

心底意外そうな顔をして、浦原が言った。「すでに二児の父親だったとは、人は見かけによらないな」

「違う。この子たちは俺の子じゃなくて、甥っ子だよ」

この園で働いている職員はみんな知っていることだ。遅かれ早かれ、小玉家の事情は浦原の耳にも入るだろう。

「ほら、羽海も空良も自分の教室に戻りなさい。菜々子先生が探してるかもしれないぞ」

「えー」と二人が揃って唇を突き出した。

「せっかくウガトラエースに会えたのに」

「ねえねえ、まだ帰らないよね？　ウガトラエース」

「ウガトラエースじゃなくて、浦原先生。今日からつくし組の先生になるんだよ」

「ウガトラせんせい！」

双子が目を輝かせる。浦原がウガトラに聞こえたのか、いくら宏斗が修正しても聞く耳をもたなかった。彼らは、体力のあり余っている五歳児二人が体当たりしてもびくともしない浦原を、崇拝するような眼差しで見つめている。やれやれと思いながら、宏斗はぶつぶつ文句を垂れる二人を強引に廊下へ追いやった。

「ほら、菜々子先生が迎えに来てくれてるぞ。迷惑をかけたらダメだろ」

ぶうとむくれた二人が、戸口から浦原に手を振る。

「ウガトラせんせい、またあとでね。すぐに帰らないでね」

「いいなあ、つくし組。ウガトラ先生と遊べて」

双子が羨《うらや》ましげに残していった言葉が、三歳児の好奇心をますます煽《あお》ったらしい。

一人の勇気ある男児が、恐る恐る浦原に近寄っていった。チノパンを穿《は》いた長い足を怖々つついていたかと思うと、双子がそうしていたみたいにぎゅっと抱きついた。

「……おっ」

浦原が足を軽く持ち上げる。浮かび上がった男の子が嬉々としてはしゃいだ。それをきっかけに、次々と子どもたちが浦原に群がり始める。単純に楽しそうだと思ったのだろう。浦原が怖い人ではないとわかると、彼らは容赦なかった。

「おおっ」

浦原が戸惑いつつも嬉しそうな声を上げる。あっという間に人気者になってしまった。三歳児には、長身で力のある男の人が遊具か何かに見えるらしい。あれほど怖がっていたタクミとシュウヤまでもが今は楽しそうに笑って浦原に飛びついていた。

「ウガトラせんせい！」

すっかりその愛称が定着してしまった。

一度打ち解けると、子どもたちの懐きようは凄かった。

新しくやってきた先生を取り囲み、あれやこれやで気を引こうと一生懸命だ。

浦原の顔は相変わらず無表情に近かったが、園児と戯れるのが楽しくて仕方ないらしい。

それは傍《はた》から見守っていた宏斗にもよく伝わってきた。無理やり作った笑顔は大失敗だったが、今は自然に笑えている。笑うと吊り上がっていた目尻が僅《わず》かに下がり、強面の印象が若干和らぐ。そうやって子どもたちに囲まれている様子は、平和で心和む風景だった。

本当に子どもが好きなのだなと納得する。

ただ、その他を圧倒する見た目のせいで、出だしを間違うと先ほどみたいに大泣きされてしまうのが少々気の毒だった。

だが、子どもは大人が思っているよりも案外鋭い。先入観でものを判断しがちな大人に比べて、柔軟に本性を見抜く術《すべ》を感覚で知っている。子どもと動物から好かれる人に悪い人はいないというが、あながち嘘ではないはずだ。園長が直々にスカウトしただけあって、子どもの扱い方はよく心得ているし、一緒に仕事をしていても危なっかしいところはなく、むしろ安心して任せられる相手だった。

給食の時間になり、みんなでテーブルを綺麗《きれい》に片付けて準備をする。

今日は月に一度のお弁当の日である。

子どもたちは鞄《かばん》から取り出したお弁当をせっせとテーブルに広げはじめた。準備ができたら、『いただきます』のおうたを歌うのが決まりだ。浦原は初めてなので、子どもたちの元気な歌声を物珍しそうに聞いている。前職のベビーシッターでは、さすがにこういうお遊戯をする機会はなかっただろう。ふむふむと興味深げに周囲を観察していた。

浦原と沢渡と手分けして、子どもたちにお弁当を食べさせる。

三歳にもなるともう一人で食べられるのだが、偏食の子が多い。野菜が食べられない、好きなものしか口にしない。だから、なかなかお弁当の中身がなくならない。中には食べ物で遊び出す子もいる。

せっかくお父さんお母さんが朝早くから作ってくれたお弁当だ。中身にも様々な工夫が見受けられる。できるだけ食べさせてやりたいのだが、そんな親の気持ちも露知らず、徐々に自分の好みがはっきりし始める年頃の彼らは嫌いなものには見向きもしない。

「リカちゃん、まだたくさん残ってるよ?」

「んー、もうおなかいっぱい」

「でも、あとでおなかがすいちゃうよ。頑張ってもうちょっと食べてみよう。わあ、このハンバーグ、ネコさんだ。かわいいね」

「うん。ママがつくってくれたの」

フォークでぐちゃぐちゃとつついてばかりいた彼女が、何かを思い出したみたいにハンバーグを口にした。横で「えらいぞ」と励ましながら、ニンジンのグラッセも一緒に食べさせる。その隣では、ワタルが見事にピーマンの肉詰めから肉だけをほじくり出していた。食べやすく一口大に切り分けてあるのだが、そんなことはおかまいなしだ。ピーマンは子どもが嫌いな野菜の代表格なので、これはなかなか手強《てごわ》い。

浦原はどうしているだろうか。時折気になって目線をむけると、手馴れた様子で上手《うま》く子どもを誘導し食べさせていた。これはベビーシッターの経験が役に立っていそうだ。

二十五人を保育士三人で分担して、それぞれ自分の担当テーブルを順番に見て回っていると、あっという間に時間が過ぎてしまう。

ガチャンと、どこかから物音が聞こえてきた。

「何だ？」と浦原が、怪訝《けげん》そうに廊下の窓を見やる。

「どこかの教室で何か落としたかな」

宏斗も首をめぐらせたが、それっきり物音は聞こえてこない。給食では食器を落とす音が毎日のようにどこかの教室から聞こえてくるので、それほど気にはならなかった。沢渡に関してはまったく気にも留めていない。浦原の反応が新鮮に感じる。

お弁当が終わるとお昼寝の時間だ。

この間に職員は交代で休憩をとる。沢渡が先に休憩をとり、その間に宏斗と浦原が子どもたちを寝かしつける。沢渡が戻ってくると交代して、今度は二人が休憩に入った。

浦原と一緒に休憩室にむかう。

つばさ保育園では、四歳児以上のクラスでは、保育士も子どもたちと一緒になって給食を食べる。三歳児以下は子どもたちの食事の世話をしなくてはいけないので、自分たちの食事は後回しだ。大体、保育士はここか職員室で休憩をとるのだが、この時間の休憩室には誰もいなかった。

「お茶やコーヒーは好きに飲んでいいから。冷蔵庫も使って大丈夫」

宏斗はざっと説明する。

「みんな自分のマグカップを置いてるから、浦原先生も持ってきて置いといたらいいよ。ペットボトルを冷蔵庫に入れるなら、わかるように目印を付けておいた方がいいと思う。今日は、飲み物は?」

「大丈夫だ。自分で用意してきた」

浦原が鞄の中から水筒を取り出してテーブルに置いた。

「準備いいな。じゃあ、まあ食べようか」

宏斗は自分のマグカップに緑茶のティーバッグを入れてポットの湯を注ぎ、いつもの席に座った。浦原も長テーブルを挟んで向かい側に座る。ようやく昼食にありつける。

弁当箱を取り出し、蓋《ふた》を開けた。

お弁当の日は職員も各自で昼食を用意しなくてはいけない。

今朝は少し寝坊したせいで、朝から大慌てだった。三人分の弁当を急いで作ったため、中身は随分と手抜きが目立つ。

それでも双子のだけはどうにか恰好《かっこう》を整えたつもりだ。その分、自分の弁当は酷いものだった。時間がなく、仕切りも何も使わずにただ詰め込んだだけのおかずは、炒め物の汁が全体に染み渡ってぐちゃぐちゃだ。すべての冷凍食品が焼肉のタレで茶一色に染まっていた。

あーあと思いつつも、腹に入れれば一緒なので気にしない。ふりかけの小袋を開けて、白飯にまぶす。冷やごはんにのりたまは、なじみのある味だった。

ふと視線を感じて、宏斗は顔を上げた。

すると、なぜか浦原がじっとこちらを見ている。

「……何だよ」

「いや」と、浦原が軽く首を横に振った。

宏斗も首を捻《ひね》る。

「早く食べろよ。時間がなくなるぞ」

「ああ、そうだな」

頷いて、浦原がようやく鞄の中から弁当箱を取り出した。テーブルの上にドンと置いて、蓋を開ける。何とはなしに宏斗もそちらを見やり——そしてぎょっとした。

入れ物はいたって普通の二段弁当。しかしそこに詰めてあるのは、数々の食材に創意工夫を施し、隙間《すきま》のない配置と彩りを完璧に計算し尽くされた一種の芸術品だったからだ。

どこの料亭の仕出し弁当かと疑うほど充実した中身に、宏斗は唖然とする。

「……それ、お前の弁当？」

思わず訊ねると、浦原が不思議そうに首を捻って「そうだ」と答えた。

「え、もしかして彼女の手作りとか？　随分と料理上手の彼女なんだな」

「さっきから何を言ってるんだ？　これは全部俺が作ったものだ」

怪訝そうな声が返ってきて、宏斗は本気で驚いた。

「凄いな。浦原先生って、メチャクチャ料理が上手いんだな。こんなの普通、作れないって。プロ並みだろ」

「そうか？　そんなに手の込んだものは作ってないんだが」

「いや、十分だろ。どの園児の弁当よりも豪華だって。店が出せるんじゃない？」

「ベビーシッターをしていた時は、料理も込みで雇われることが多かったからな。どうせならあった方がいいと思って、栄養士と調理師の資格を取ったんだ。信用度も上がるだろ」

「……本当に凄いな、お前」

人は見かけによらないという言葉がこれほどふさわしい人物を、宏斗は他に知らない。簡単に言うが、資格を取得するためにはそれなりの技術と知識が必要だ。天才肌なのか、または相当の努力家なのか。どちらのタイプなのかはわからないが、彼を見る目が一気に変わってしまったのは事実だった。

感心しながらふりかけごはんを口に運んでいると、浦原がチラッと宏斗を見て言った。

「そっちは、あまり料理が得意じゃないみたいだな」

「……うるさいよ。今日はちょっと寝坊しただけだ。普段はもうちょっとマシなんだよ」

「真っ茶色だが、それは狙ってやったのか？」

「だから時間がなかったんだって言ってるだろ。イヤミったらしいヤツだな。腹に入ったら同じだろ」

子ども相手だとデレデレするくせに、大人に対してはいちいち毒がある。食事のペースが早い一方で、箸使いは妙に綺麗なところがまた癇《かん》に障った。気持ちがいいくらいの食べっぷりなのにガツガツ感が一切ない。

「そういえば、昨日うちの双子を助けてくれたのって、浦原先生だったんだって？」

対面の浦原が目線を上げた。

「……ああ。ちょうど通りかかったんだ。まさか小玉先生の甥っ子さんだとは驚いた」

「姉の子どもなんだよ。わけあって、今一緒に暮らしてるんだ。俺もあいつらが騒いでいたウガトラエースが、まさか浦原先生だったとは知らなかったからさ。昨日はその話題で大はしゃぎだったんだよ。さっきも見ただろ？　まあ、懐いちゃって。遅くなったけど一応、礼を言っておく。あいつらを助けてくれてありがとうな」

浦原が面食らったように目を瞬かせた。

「……いや。怪我《けが》がなくてよかった。ずっと気になってたんだが、その、あの子たちが言っていたウガトラエースっていうのは、どういう意味で……」

その時、休憩室のドアがノックされた。「宏斗先生、ちょっといいですか」と、菜々子先生が顔を覗かせる。

「ああ、はい。何かありましたか？」

「羽海くんと空良くんのことでちょっとお話が」

言葉尻を濁す様子に、宏斗は嫌な予感がした。あの二人が何か問題を起こしたのだろうか。食べかけの弁当をそのままに席を立ち、廊下へ出る。

静かな廊下の脇に寄ると、神妙な顔をした彼女が声を潜めて話を切り出した。

「実は、先ほどのお弁当の時間に、羽海くんと空良くんがケンカしまして」

「二人がですか？」

「ああ、いえ。二人と、別のお友達がです。つまり二対二で、最初はふざけて言い合っていたようなんですけど、途中からお互いに手が出て揉《も》み合いになってしまって」

話を聞くと、どうやら弁当の中身を取り合って、双子と別の園児二人がケンカになったというのだ。宏斗は腑《ふ》に落ちず、首を傾げた。

「何でまたそんなことを」

「私も別のテーブルを回っていた最中のことだったので、気づくのが遅れてしまったんですけど、原因を訊いても話してくれないんです」

菜々子先生が綺麗に整えた眉を困ったように寄せる。

「羽海くんと空良くんは何ともなかったんですが、他の二人が少し怪我をしてしまって」

「え！」宏斗はぎょっとした。「大丈夫なんですか？」

「ええ。すみません、大袈裟《おおげさ》に言ってしまって。ちょっと爪が当たって皮が剝《む》けた程度なので、こちらで手当てはしましたし、すぐに治るものです」

「大したことないならよかった」

ひとまずホッとした。二人を捕まえて問い質《ただ》したかったが、彼らも今はお昼寝中だ。

「でも一応、保護者の方がお迎えに来られた時には、一緒に立ち会ってもらえますか」

「わかりました。僕もお迎えの時間になったらそちらに行きます」

「よろしくお願いします。休憩中にすみません」

「いえ、こちらこそご迷惑をおかけしました」

笑顔を見せて、菜々子先生は職員室へ戻っていった。宏斗もため息をつき、休憩室のドアを開ける。

「どうした？　何かあったのか」

浦原が訊いてきた。宏斗は疲れ気味に腰を下ろす。広げっ放しの雑な弁当を見て、またため息を零《こぼ》した。

「うん。うちの子たちが他の子とケンカしたらしい」

「ケンカ？　何でまた」

「さあ？　弁当のおかずの取り合いになったらしいけど、何でそんなことをしたのかはさっぱり。さっきのお弁当の時間に物音が聞こえてきただろ？　あれがたぶんそうだと思う」

「あの子たちは五歳児クラスだったか？　ということは、チューリップ組だな」

浦原は八つに分かれているクラス名をもうすべて暗記しているようだった。

「そういうわけで、お迎えの時間になったらちょっと間で俺は抜けるから。沢渡先生にも頼んでおくけど、浦原先生もお願いします。本当は俺から保護者の人たちに浦原先生をきちんと紹介しないといけなかったんだけどな。悪い」

「いや、俺のことは気にしなくていい。それよりも、子どもたちのことが心配だな。何か理由があるはずだ。きちんと話を聞いてやらないと」

真剣に言われて、宏斗も頷く。確かに、羽海も空良もヤンチャだが、正義感は人一倍強い。戦隊モノのヒーローが大好きで、宏斗が言い聞かせなくても弱いものいじめは絶対にダメだと本人たちはちゃんとわかっている。

この保育園に転園してからこれまで、友達とケンカをしたことはなかった。みんなと仲良くやっているものだとばかり思っていたので、宏斗自身驚いている。今回のような相手に怪我をさせる事態にまで発展したのは、きっとよほどのことがあったに違いない。

「でもやっぱり、怪我をさせたのはこっちだからな。きちんと謝らないと」

浦原が「そうだな」と頷き、ふと気になった素振りで訊ねてきた。

「あの子たちの弁当も、小玉先生が作っているのか？」

「そうだけど……何だよ？　どうせ、取り合いになるようなものは何も入ってないのに――とか何とか思ってるんだろ」

「いや、そういうわけじゃないが」

なぜか浦原が自分のおかずを数品、弁当箱の蓋にせっせと移し始めた。それを宏斗に差し出してくる。

「栄養素が偏ってるな。俺はそういうのが許せない性分なんだ。とりあえず、これだけは食っておけ」

「は？」と、宏斗は思わずきょとんとした。

「いや、それはお前の分だろ。自分が食べろよ。俺はもういい。何だか食欲が失《う》せた」

彩り鮮やかな惣菜を断って、食べかけの弁当の蓋を閉める。箸を箸箱にしまおうとした時だった。ドンッとテーブルが鳴った。

ぎょっとして顔を上げると、真正面から浦原が恐ろしい顔で睨みつけていた。

「おい、保育士がそんなことでどうする」

「え？」

「子どもの相手は体力勝負だぞ。保育士が倒れたらどうするんだ。かわいい子どもたちに迷惑がかかるだろうが。つべこべ言わずさっさと食え」

一度押し返した惣菜の蓋が、ずいと目の前に戻された。低い声で「まだ箸をしまうな」と叱られる。宏斗はわけもわからず、慌てて箸箱から箸を取り出した。右手に持ち直すと、よしと偉そうに頷いた鬼の浦原が、吊り上った目で「食べろ」と脅してくる。――完全にカタギの保育士ではない。

「……い、いただきます」

恐る恐る黄色い卵焼きを摘まむ。久々に口にした甘くない卵焼きはふわふわで、嚙み締めるとじゅわっと上品な出汁《だし》が染み出る極上の味だった。思わず、次へと箸が伸びる。

食欲がなかったはずの胃は見る間に復活した。


羽海と空良が友人とケンカになった原因が判明した。

「こら、二人ともちゃんと話しなさい。どうしてケンカなんかになったんだ？」

宏斗が何度訊ねても、羽海と空良は頑として口を割ろうとしなかった。唇をきゅっと一文字に引き結び、ぷいっとそっぽを向くばかりだ。

同様に、双子と揉めた二人も理由を問い質す菜々子先生に対して何も話そうとしない。二人の頬と腕にはそれぞれ引っ掻き傷ができていた。傷自体は小さなものだが、目立つ場所に貼られた絆創膏《ばんそうこう》が痛々しい。「ぼくたちは悪くないもん」「ウミとソラが急にぼくたちにおそいかかってきたんだ」唇を尖《とが》らせて口々に言うも、肝心な部分は謎のままだ。もじもじと同じ言葉を繰り返し、バツが悪そうにむくれている。

四人揃ってだんまりだ。

まるで示し合わせたかのような態度は、むしろ仲良しに思えてならないが、二対二で向き合っても頑《かたく》なに目を合わせそうとはしなかった。

結局、何もわからないまま二人の母親がお迎えに来てしまった。

事情を話し、宏斗がまず二人に怪我を負わせてしまったことを謝罪する。彼女たちも戸惑っているようで、なぜ子どもたちがお弁当を巡ってケンカになったのか、大人たちにはさっぱりわからなかった。

彼らも「あっちが悪い」「そっちが悪い」の両者一点張りで、埒《らち》が明かない。とにかくお互いが悪いのだからきちんと謝りなさいと大人は言うが、子どもたちは納得できずにぷいっとそっぽを向いてしまう。

事態が急転したのは、壁の陰に隠れて心配そうにこちらを見守っていた咲哉が、我慢できずに飛び出してきたからだった。

「ウミくんとソラくんは悪くない！　そっちの二人がウミくんたちのお弁当をマズイってか

らかったんだ。だからウミくんとソラくんは怒ったんだよ」

「ああっ！」と、叫んだのは羽海と空良だった。

「言うなって言っただろ」「もう、サクくんのバカ！」

双子から責められて、咲哉がおろおろと謝る。

「ご、ごめんね。でも、ウミくんもソラくんも悪くないのに、あやまるのはヘンだから」

大人四人はそのやりとりで、子どもたちの事情をほぼ理解してしまった。宏斗が羽海と空良の親代わりであることは、保護者の間では周知の事実だ。双子のお弁当を作っているのが宏斗だということも同時に察しただろう。

彼らがケンカの原因を頑なに話したがらなかった理由を知って、宏斗は心底情けなくなった。こんな小さな子どもたちにまで気を遣わせていたのだ。

「あんたたち、そんなことを言ったの？」

顔色を変えた母親二人が、我が子を厳しい口調で問い質す。二人ともすでに涙目になっていた。彼らも双子の家庭の事情を知っているからこそ、宏斗を前にして何も言えなかったのだろう。自分たちも悪いことをしたとわかっているのだ。

「何でそんなことするの！　羽海くんと空良くんにちゃんと謝りなさい！」

母親に叱られて二人が泣き出し、つられてなぜか咲哉が泣き出し、慰めようとした羽海と空良までが泣き始めてしまう。

ワーワーと四人の泣き声が園内に響き渡り、何事かと一時は園長までが駆けつけてくる騒動になってしまった。

いつもは賑《にぎ》やかに喋りながら帰る道を、今日は黙って歩く。双子はしゅんと俯《うつむ》き、まるで別人のようにおとなしかった。

ケンカの件は、揶揄《からか》った方も先に手を出した方もどちらもよくなかったということで、お互いが謝ってその場は収拾がついた。

しかし、羽海と空良はやはり納得がいかなかったようだ。その後も二人揃って教室の隅で拗《す》ねていた。仕事を終えて迎えに行くと、宏斗はムッと膨れた二人から責められたのだ。

――なんで、ヒロくんがあやまるんだよ。

――あいつら、ヒロくんのおべんとうの悪口を言ったんだ。ゆるしてたまるか。

悔しそうにポカポカと宏斗の足を叩いてくる二人を、堪《たま》らず抱きしめてしまった。健気《けなげ》な子どもたちがとても愛おしく、反対に酷く情けない自分が歯痒《はがゆ》くて仕方ない。泣きそうになる。ごめんなと二人の頭を撫でて、寝坊したせいでいつもより更に手抜きになった弁当を彼らに持たせてしまったことを心の底から詫びた。

事情を知った園長からも注意を受けた。

――大変なのはわかるけれど、もう少し気を遣ってあげてほしいの。

あまりにも気合の入りすぎたお弁当は、それはそれで別の保護者から苦情が出ることもあるが、子ども同士で揶揄いの対象になるようなお弁当だとやはり問題だ。今日は取り分け時間がないことを理由に、とにかく詰めるだけで精一杯だった。栄養バランスや見た目の印象など考える余裕もなかった。

そっちの二人がウミくんたちのおべんとうをマズイってからかったんだ——咲哉の声が蘇《よみがえ》る。以前から食にあまり関心のない宏斗には特に気にならない内容でも、双子はずっと我慢していたのではないか。

そういえば、ハンバーグの代わりにスペースを埋めた今日の炒め物も、焼肉のタレをぶち込んだだけのこってりとした味付けだった。ごはんもおにぎりを作ってやる時間がなかったから、ふりかけをかけただけ。卵焼きも唐揚げもなくなり、隙間に昨夜の残りのポテトサラダを詰め込んだ。宏斗の弁当では白いサラダに満遍なくタレが染み込んで茶に変色していたのだが、もしかしたら双子の弁当もそうなっていたのかもしれない。

お弁当は蓋を開ける瞬間が一番楽しみだ。その楽しみを、毎回あの子たちから奪っていたのだと思うと、本当に自分が情けなかった。きっと双子も最初はわくわくしていたはずだ。ひそかな期待はやがて諦《あきら》めに変わり、悟った彼らはずっと宏斗に気を遣って文句の一つも言えなかったのだろう。それなのに宏斗をかばい、ケンカまでさせてしまった。

姉の代わりになると決めたのに、親失格だ。

しゅんと項垂《うなだ》れた二人の小さな後頭部を見つめて、申し訳なく思う。

通りをとぼとぼと歩いていると、煌々《こうこう》とした書店の看板が見えた。

「羽海、空良。ちょっと本屋さんに寄ってもいい？」

振り返った二人がこくんと頷く。

「ぼくたち、ライダーマンのとこにいる」

「うん。二人ともそこから動いちゃだめだぞ」

はーいと、少し元気の戻った双子は児童書のコーナーへ走って行った。

店内は空いていて、二人が向かった場所まで見渡せる。寄り添って本を覗き込んでいる二人の背中を視界の端で確認し、宏斗は料理本が並ぶ棚を眺めた。

子どもを引き取ってから何度かこの手の本を買ってみたけれど、ほとんど活用できていない。最初の頃は本を捲《めく》りながら調味料などをきちんと量って頑張っていたが、一食作るだけにコストも時間もかかりすぎて、途中から面倒になってしまった。

だが、そんなことも言っていられない。もう一度、気合を入れて取り組もうと、初心者用の料理本を棚の端から順にあさる。出汁巻き卵のカラー写真を眺めて、そういえば浦原にもらった卵焼きは美味《うま》かったなと思い出した。どうやったらあんなふうに作れるのだろう。ページを繰りながら、思わず独り言が漏れる。

「炒め物にも、結構手順があるんだな。美味そうだな、やっぱり焼肉のタレじゃダメか」

「確かに、あれだと子どもの弁当にしては味付けが濃すぎるかもな」

「――!」

ふいに背後から声が聞こえてきて、宏斗はぎょっとした。息を呑《の》んで振り返ると、立っていたのが浦原で更にぎょっとする。今まさに脳裏に浮かんだ相手がそこにいた。

「な、何やってんだよ、こんなところで」

びっくりして声も裏返るというものだ。ピチピチに伸びたクマさんエプロンを外し、私服姿の浦原は一層背が高く見える。フロアを仕切る本棚からは、頭が完全に飛び出していた。

「俺も帰り道がこっちなんだ。三人がここに入っていくのが見えたから」

要するに、後をつけてきたらしい。

「子どもたちの元気がないな」

児童書のコーナーを遠目に眺めつつ、浦原が言った。

「二人とも、後ろから見ていてもわかるくらいしょんぼりしていたから、気になったんだ」

子どもたちが大泣きしたので、何があったのかは筒抜けだった。相手は今日が初出勤の後輩保育士だが、同い年の同性ということもあってか、張り詰めていた気が抜ける。思わず愚痴が零れた。

「参ったよ。本当に、自分が情けなくて嫌になる」

「弁当のことか。炒め物は具材を考えた方がいいな。弁当に入れると、野菜によっては水分が出てべちゃべちゃになってしまう。水っぽいのにタレの味は濃くて、油も浮いていた」

「……何で、人んちの弁当にそんなに詳しいんだよ」

「休憩中に、席を立っただろ？　あの隙に少々頂いた。面白い弁当だと思って」

「バカにしてるだろ」

「いや、バカになんかしていない」

浦原はあくまで真顔だ。眼力が凄いので、睨み合いになると勝てる気がしなかった。

「ポテトサラダの味自体は悪くなかった。タレが染みてべちょべちょだったけどな」

やっぱりバカにしてるじゃないか――宏斗は心の中で毒づく。

一方、浦原は勝手に宏斗の手から本を取り上げて、ぱらぱらと興味なさげに捲っている。

「今は弁当用の便利なグッズがいろいろ出てるから、それを利用するのも手だぞ。子どもに食事をとらせるには、見た目も重要だからな。まあ、今日は弁当のことは置いておいて。料理本を買うなら、その金で食材を買え」

「は？」

ぽかんとなる宏斗をよそに、浦原がさっさと本を棚に戻す。

「昨日の合挽き肉は、今日の弁当のおかずになる予定だったんだろ？　あの子たちから聞いたんだ。本当は、弁当にハンバーグと唐揚げが入ってるはずだったと話してくれた。それが入っていたら、最強だったのにと悔しそうに言っていたぞ。昨日のあの様子だと、結局鶏モモ肉も買えなかったみたいだしな。そういうわけなら、俺にも責任はある。ほら、行くぞ」

「え？　行くって、どこへ？」

いきなり腕を取られて歩かされた。向かうは児童書コーナーだ。

「まずはスーパーで買い物をして、それからお前たちの家だ。昨日のお詫びに、今夜はハンバーグを作るぞ。俺も手伝ってやる」

「——はあ？」

殊勝なふりして偉そうな浦原に引《ひ》き摺《ず》られる。即行で腕を振り払って逃げたかったが、その前に双子に見つかってしまった。「あ！　ウガトラ先生！」彼らのヒーローの登場に、嬉嬉として全力で体当たりをしてくる。宏斗ではよろけてしまう双子の攻撃にも、浦原はびくともしない。どんと受け止めて、二人の頭を撫でている。

宏斗はそんな様子を少し悔しく思う一方で、ようやく双子の笑顔を見ることができて内心ホッとしていた。それを引き出したのが浦原だというのが、少々複雑ではあるのだが。

浦原がしゃがみ、子どもたちと目線を合わせて言った。

「よし、今日は宏斗隊長がハンバーグを作ってくれるそうだ。羽海隊員、空良隊員、これからスーパーへ食材を調達にむかうぞ」

「「らじゃ！」」

双子が目をキラキラと光らせる。

「宏斗隊長もぼさっとしてないで、さっさと行くぞ」

「隊長！　ぼさっとするなであります」「あります！」

「……はい、すみません」

いつから自分は隊長になったのだろうか。疑問を覚えつつも、あっという間に双子を懐柔してしまう浦原の技術を上手いなと思った。子どもの扱い方をよく知っている。

結局、突然現れた浦原のペースにまんまと巻き込まれてしまった。


昨日肉を取り合った敵と、今日はフクフクマーケットで平和的に買い物をして、なぜかそのまま四人でアパートに帰宅した。

鍵を開けると、双子と一緒に当たり前のように浦原まで上がりこんでくる。

「よし、さっそく作るか。隊長も準備しろ」

宏斗の肩書きは隊長で定着してしまったようだ。浦原がノリノリでゴッコ遊びをしているのが意外だった。おかげで子どもたちとの買い物も、いつもはアレが欲しいだのコレを買ってくれだのと駄々を捏《こ》ねて時間がかかるのに、浦原が上手くコントロールしてくれレジまで最短ルートで辿り着いた。

「隊長、エプロンであります！」

「ああ、うん。ありがと」

羽海から椅子に引っ掛けてあったエプロンを渡される。空良は首がおかしくなるのではないかというくらい頭を反らして、浦原に訊いていた。

「副隊長のエプロンはどうしますか！」

「俺は自分のエプロンがあるから大丈夫だ」

鞄から取り出したのは、例のかわいらしいクマのキャラクターがプリントされたそれだ。

「さすが副隊長、クマさんがブタさんに見えるであります！」

「ブタさん……？」

興奮する空良とピチピチのエプロン姿の浦原に笑いを堪えつつ、宏斗も台所に立つ。ただでさえ狭いのに浦原が隣にいると圧迫感が凄い。調理の邪魔にならないよう、脇へ一歩除けた時だった。

腕を組んだ浦原が、「よし、始めてくれ」と言った。

「え？　お前が作るんじゃないの？」

宏斗は思わず訊き返した。しかし、浦原は何を言っているんだとばかりに首を横に振り、

「俺はあくまで補助だ。さあ、何をすればいい？」

やる気満々に腕捲《うでまく》りをしてみせる。何をと言われても、急に主導権を譲られたところでどうしていいのかわからない。

「じゃあとりあえず、タマネギを切ってくれよ。俺、みじん切り下手クソだからさ」

「苦手なことは練習あるのみだぞ。教えてやるから包丁を取れ」

「お前がやるんじゃないのかよ！」

嫌がる宏斗に、「まあまあ」と浦原が強引に包丁を握らせる。ペリペリと皮を剝いたタマネギをまな板の上にのせた。

「まずは半分に切る。切り込みを入れてから切ると簡単にできるぞ」

「切り込みってどうやって？」

そういうやり方を本で読んだ気がするが、結局は適当だ。いつもまな板の上でガンガン包丁を振り下ろし切り刻んでいる。

「頭と根っこを切り落としただろ。その面と平行になるように細かく切り込みを入れていくんだ。こんなふうに」

突然、背後に立った浦原が包丁ごと宏斗の手を取った。更にタマネギの上に置いた宏斗の左手の上に自分の手をのせてくる。ありえない体勢にぎょっとしたが、浦原は至って真面目《まじめ》だ。ぐっと宏斗の手を握り、タマネギの切り方をレクチャーし始めた。

「全部切らずに左側は少し残しておく。後は繊維に沿って右端から切っていけばいい。こっちはしっかり押さえてないとバラけてしまうぞ」

ぐっと左手を押さえられる。三回ほどゆっくり包丁を下ろすと、

「よし。その要領で後は一人でやってみろ」

急に浦原に放り出された。支えを失って戸惑う宏斗に「ゆっくりでいい。手を切らないように気をつけろよ」と、まるで子どもを相手にするみたいに言ってくる。背後から、「ヒロくんがんばれ」「ゆっくり、気をつけて」と、双子の心配そうな声が聞こえてきた。

集中してタマネギ一個分のみじん切りをやり遂げる。

「ふう、終わったぞ」

一緒に手に汗を握って見守っていた双子も、フーッと大きく息をつく。

「上手くできたじゃないか」

浦原に褒められて、不本意ながら喜んでしまう自分がいた。

「よし。そのタマネギをこの中に入れてくれ」

プラスチックのボウルを差し出される。中には合挽き肉が入っていて、すでに牛乳に浸したパン粉と生卵も投入されていた。いつの間にか炊飯器も仕掛けてあり、荷物置き場になっていた小さなテーブルの上には、付け合わせのグラッセ用のニンジンが綺麗に切り揃えて準備してある。宏斗がみじん切りに没頭している間に、浦原はこれだけの仕事をこなしていたのかと思うと、手際のよさに感心してしまった。

「タマネギは炒めなくていいのか？」

「タマネギを炒めると甘味とコクが出るが、生のままの方が水分が出てジューシーに仕上がる。塩とコショウは適当だ。あとはひたすら捏ねる」

なるほど、さすが調理師の免許を持っているだけあって勉強になる。宏斗は言われた通りに塩コショウを振って、挽き肉を捏ねる。傍から浦原が指示を出し、それに従ってタネを形成して中にとろけるチーズを埋め込んだ。子どもたちのリクエストだ。焼き方もコツを教えてもらって、その通りに従う。

出来上がったハンバーグを前にして、双子は揃って歓喜の声を上げた。

「うわあっ、おいしそう！」

目をキラキラとさせながら、宏斗を見てくる。

「ねえ、食べてもいい？」

「もうおなかペコペコだよ」

「そうだな。いつもより時間がかかっちゃったもんな。よし、食べようか」

使い古したちゃぶ台に四人並んで、「いただきます」と手を合わせた。

二人はハフハフと息を吹きかけながら、とろりとチーズの伸びるハンバーグを頬張る。

「これ、すっごくおいしいよ、ヒロくん！」

「いつものハンバーグとは一味ちがうね。はふうっ、しあわせ……」

ほっぺたを押さえて喜ぶ彼らを見て、宏斗も思わず頬が弛《ゆる》んだ。嬉しく思いながら、一口頬張る。確かに、いつも作るパサついたハンバーグとは味も食感もまったく違っていた。材料は変わらないのに、少しの手間を加えるだけでこんなに違うものかと驚かされる。

「ウガトラ先生、どう？　ヒロくんのハンバーグ、合格？」

羽海が問いかけた。思わず宏斗も顔を上げて身構える。

真向かいに座った浦原が静かに咀嚼《そしゃく》して、頷いた。

「ああ、美味い」

「ウガトラ先生、ホント？　やったね、ヒロくん！」

「よかったね、ヒロくん！　ホントにおいしいもんね」

両脇から双子が興奮気味に言って寄越した。宏斗もホッとする。浦原に教えてもらいながら作ったのだから、美味しいのは当たり前なのだが、それでもお墨付きをもらえたのは嬉しかった。

ふいに浦原と目が合った。安心したのと込み上げてくる嬉しさが混ざり合って、思わず笑みが零れる。浦原が少し面食らったように瞬き、それから宏斗につられるみたいにして微笑んだ。

「……っ」

初めて見る表情に、なぜだかドキッとしてしまう。保育園で子どもたちにむける笑顔とはまた違って、一人焦った宏斗は慌ててハンバーグを口いっぱいに頬張った。

賑やかな食事を終えて、片付けも済ませると、双子がうとうとし始めた。

今日一日、いろいろなことがあってさすがに疲れたのだろう。ついさっきまで浦原とヒーローゴッコをして遊んでいたのに、今は二人仲良く畳の上に転がっている。揃ってうつ伏せに寝ているので、柔らかいふかふかほっぺに痕がつきそうだ。

「それじゃ、俺はそろそろ帰るから」

浦原がそっと小声で言って立ち上がった。

「あ、うん。そこまで俺も行く」

サンダルを引っ掛けて、外に出る。

心地いい夜気が頬を撫でる。九月に入って間もないが、夜は随分と涼しくなってきた。残暑が厳しく、昼間はまだ真夏のように暑いので気づきにくいのだけれど、ゆっくりと季節が秋に移り変わろうとしているのがわかる。

「もう、ここまででいい」

アパートの敷地と往来を区切るコンクリートブロックのところまで歩き、浦原が振り返った。「これから、あの子たちを風呂に入れないといけないんだろ。大変だな」

宏斗は思わず微笑んだ。

「今日は本当にありがとうな」

「いや、礼を言うのはこっちの方だ。あの子たちがいなかったら、俺は今日中につくし組の子どもたちと仲良くなれたかどうかわからない。本当に助けられた」

「けど、それも元はといえば、浦原先生が昨日あいつらを助けてくれたからだろ？　もうすっかり懐かれちゃったな」

浦原が嬉しそうに口元を弛ませる。

「ウガトラエースの意味がようやくわかった。子どもの考えることは面白いな」

「だろ？　俺も何のことを言ってるのかわかんなかったんだけど、あいつらには先生のことがそう見えたみたい。その後、ウガトラエースは善良な市民から特売のミンチ肉を奪い去って行ったんだけどな」

「……まだ根に持っているのか」

眉根を寄せて、浦原がバツが悪そうにため息をついた。宏斗は笑う。

「冗談だよ。今日のハンバーグで昨日のことは帳消しにしてやろう」

「偉そうに」と、浦原も笑った。

「偉そうついでに、また料理のことで相談してもいいかな。今日、あいつらが美味そうに食べてる姿を見たら、やっぱりもうちょっと勉強しなきゃと思ってさ。もっと喜ばせてやりたいし」

ちらっと浦原の顔を窺《うかが》うと、彼は軽く目を瞠《みは》ってみせた。

「もちろん。俺で出来ることなら何でも協力する。宏斗先生は凄いな」

「え？」

「俺と同い年なのに、二人の子どもを引き取る覚悟を決めて、ちゃんと立派に育てているんだから」

　すでに誰かから小玉家の事情を耳にしたのだろう。すべて知っている口ぶりだった。

「そんなこと言ったら、もうこの年で結婚して子どものいるヤツなんかたくさんいるだろ。俺なんか全然凄くなんかないよ。毎日がいっぱいいっぱいでさ。あいつらに我慢させてることも多分いっぱいある。頼りないし、自信もないし。けど、俺があいつらの親代わりだからさ。引き取ると決めた以上はできる限りのことはしてやりたい。それって、親として当たり前のことだよな」

「……それができない親もいるんだ」

「え？」

　ぼそっと呟《つぶや》くような言い方だったので、上手く聞き取れなかった。すぐに訊き返したが、浦原は「何でもない」と首を横に振るだけで教えてくれなかった。

「あの子たちが言っていたぞ。ヒロくんのお弁当は美味しい。いつも一生懸命作ってくれるから、僕たちはヒロくんのお弁当が大好きなんだそうだ。愛情は十分伝わっている」

「――――！」

　丸くて黄色い月を背負うように立っている浦原と目が合い、なぜだか少し泣きそうになってしまった。双子の気持ちがとても嬉しかったし、最後の浦原の言葉にぐっときた。

　さすがに泣くわけにはいかないので、さりげなく顔を伏せる。

浦原が耳に心地よく響く低い声で言った。

「俺にできることがあれば何でも言ってくれ。料理以外でも構わないから。今日はお邪魔させてもらって俺もすごく楽しかった。ありがとう。じゃあな、また明日」

「おう、また明日な。おやすみ」

去っていく浦原の後ろ姿を宏斗はしばらく見送った。

「……ウガトラ先生、か」

保育士としては新米なのに、すでに大物の雰囲気を醸し出している背中だなと思う。あの強面のせいで最初はどうなることかと心配したが、初対面で大泣きした子どもたちも午後にはすっかりウガトラ先生の虜になっていた。浦原にとっても、初出勤の今日は長い一日だったに違いない。

「一見怖そうに見えて、実は男前だしな。あれで料理もできて、子どもの扱いも完璧とか、本当に凄いのはどっちだって話だよ。今年の運動会では大活躍してくれそうだな」

頼もしい相棒ができたようで、同じ男性保育士として嬉しかった。

■4■

浦原の人気はつくし組だけでなく、保育園中に広まっていた。

特に男の子は浦原を見つけると、全力で走って体当たりだ。がっしりとした長軀はちょっとやそっとの衝撃ではびくともせず、そこがヤンチャ盛りの子どもたちには人気なのだろう。いつも悪役に回り、ヒーローになりきる子どもたちの相手をしてやっている。彼らも相手を選ぶのか、宏斗の時には見られなかった光景だ。

初めて浦原を目にした保護者の反応は、大体想像通りだった。

ほとんどの人が、まず彼の見た目の迫力にぎょっとして、警戒心を撥《は》ね上げる。しかし、子どもたちの懐きようを見て驚き、やがて戸惑うような素振りをみせはじめるのだ。ちゃんとした職員だとわかれば、馴染むのは早かった。強面の大男だが、根は真面目で子どものことを第一に考えてくれる優しい保育士さんだ。

よく見ると整った顔立ちをしていることが知れると、女性の目には違う意味でも浦原が魅力的に映るらしかった。別の女性保育士の話によると、着々と母親ファンを増やしているそうだ。まさに人気もエース級である。

しかし、そんなウガトラ先生にも意外な弱点が見つかった。

みんなで来月の運動会で踊るダンスを練習していた時のことだ。

「ひろとせんせー、ウガトラせんせーがへんなおどりをしてまーす」

三歳児の舌足らずな告げ口に振り向くと、自分の股下よりも背の低い子どもたちにわらわらと囲まれて、浦原が弱ったように頭を掻いていた。

子どもたちには夏頃から少しずつお遊戯に混ぜて踊らせていたので、今ではもう音楽を聴くと体が勝手に動き出すほどだ。しかし、浦原は初見なので仕方ない。

昨日は、仕事が終わった後も残ってDVDを熱心に観ていたようだったが、まだ完全には覚えきれていないのだろう。

「それじゃあもう一回、最初から踊ってみようね。難しいのは『お魚さんがやってきて』ってところかな。腕を大きく広げて、ぐにゃぐにゃぐにゃって海のように揺れましょう。浦原先生もいいですか?」

浦原が「はい」と大きく頷く。宏斗はCDを再生した。

「最初は元気に足踏みだよ。イチ、ニ、サン、ハイ!」

音楽が始まり、みんなが一斉に動き出す。出だしは完璧だ。浦原もついてきている。

しかし、徐々に浦原の動きがずれ始めた。あれ？　と思いながら宏斗も横目に気にかけていたが、サビに入るともう一人だけ完全に別のダンスになっていた。

「ウガトラせんせー、ぜんぜんちがーう!」

子どもたちは大爆笑だ。

「おかしいな。こうやってこうだろ？」

腕や足の振り方は間違っていないのだけれど、何かが違う。三歳児が披露する演目は、いろいろな生き物の動きを体で表現するかわいらしいダンスだ。それなのに、浦原の動きを見ていると、どうも阿波踊りを思い出す。途中にはドジョウすくいやロボットダンスも混ざっていた。仏頂面《ぶっちょうづら》な上に手足が長いので、余計に滑稽《こっけい》に見えてしまうのだ。

更に、残念なのはリズム感だけでなく、歌の方もだいぶ怪しいことが判明した。

「ひろとせんせー、ウガトラせんせーのおうたがへんでーす！」

電子ピアノから顔を上げると、浦原が難しい顔をして首を捻っていた。

宏斗も薄々気づいていたのだ。子どもたちの甲高い声に混ざって聞こえてくる低い声は、明らかに音程がずれている。いい声をしているのに、どうも半音高かったり低かったりするのだ。歌詞は完璧なのに。

「ちょっと待ってくれ。さっきのところはこうだろう？」

浦原が真面目に歌う。調子っぱずれな歌声がつくし組の教室に響き渡る。

「ウガトラセンセ、へたくそ！」

「ぜんぜんちがうよー、ここはこうやってうたうんだよ」

大笑いをした園児たちが、浦原を囲んでお手本を歌ってみせる。次第にみんなで協力して浦原に教え始めた。三歳児に習う浦原も真剣だ。保育士と園児の立場がすっかり逆転してしまっているが、これはこれでいいのかなと、宏斗も様子を見守ることにした。

人に教えることで自らもより理解を深めることができ、子どもたちにとってもプラスになる。また、どうやったら相手にわかってもらえるかを自分なりに一生懸命思案するため、相手の立場になってものを考える能力が養われるのだ。更にみんなで浦原の技術を上達させようと一致団結することは、子どもたちの仲間意識と協調性を芽生えさせる。浦原の存在が彼らをいい方向に高めてくれているようだ。

「最近の子どもたちは、難しいことをやっているんだな」

お昼寝の時間になりようやくこちらも休憩に入ると、浦原はすでにぐったりとしていた。浦原の練習に付き合った子どもたちも、今日は特に早々と寝入ってしまった。給食の時間からうとうとする子もいたくらいだ。

宏斗は二つのマグカップにティーバッグのお茶を注いでテーブルに置いた。

「そんなに難しいことはしてないと思うけど。浦原先生にも意外な弱点があったんだな」

思い出すと笑いが込み上げてくる。

椅子に座って項垂れていた浦原の頭がますます下がった。

「……自分が情けない」

バツが悪そうにボソッと零した言葉を聞いて、思わずプッと吹いてしまった。

「そんなに落ち込まなくても」

「落ち込むだろう。子どもたちに散々笑われてしまった。宏斗先生も笑ってたじゃないか」

「まあ、うん。面白かったし。リズム感がなさすぎだよな」

揶揄い混じりに言うと、浦原が悲愴感を漂わせた顔でハアとため息をつく。とはいえ、最初に浦原を完璧だと思い込まされていたせいか、宏斗の中ではその予想外の一面は情けないというよりむしろ好印象につながっていた。

遅い給食を食べながら訊いてみた。

「浦原先生って、運動全般が苦手なの？」

「いや、走ったり泳いだりするのは昔から得意な方だ。なにせ、体力だけはあり余ってたからな。逃げ足は速かったし」

「え？」

「……いや、何でもない。ダンスとか歌はどうにも苦手なんだ」

「ふうん。けど、保育士の実習ではいろいろとやらされただろ」

「集中して練習すれば、何とか形にはなるんだが……今回は時間が足りなかった。あと、あのＤＶＤだけじゃ、どうもわかりにくくて」

浦原が弱ったように頭を掻く。宏斗は卵スープを掬《すく》った手を止めて、ハッと顔を上げた。

「そうか、ごめん。自分がわりとすぐ覚えちゃったから、浦原先生も大丈夫だと思ってた。

一度一緒に踊って、確認すればよかったな」

「いや、そっちもいろいろと忙しいんだから、それは別にいいんだ。それよりも、あのダンスをすぐに覚えられるもんなんだな」

「俺は結構そういうの得意なんだよ。ただ走ったり泳いだりする方が、どっちかというと苦手かも」

「へえ」と、浦原が興味深そうに宏斗を見つめてくる。

「確かに、宏斗先生は歌も上手いし、ダンスもキレがあって思わず見入ってしまった。凄いなと感心していたんだ。同じ保育士として尊敬する」

「そんな大袈裟な……」

大真面目に言われて、宏斗はどう反応していいのか困った。今まで特に自分の歌やダンスを気にしたことはなかったが、そこまで言われると急に面映《おもはゆ》くなる。

「俺はもともと役者志望でさ。一応、小さな劇団に所属してたんだけど、そこでダンスや歌のレッスンは受けてたから。まあ、その差だよ」

「劇団？」

浦原が意外そうに訊いてきた。「役者の道は諦めたのか？」

宏斗は頷く。

アットホームな貧乏劇団だったが、年に数回行う舞台に全員が役者として立てるわけではない。演じる役には限りがある。役が欲しいなら劇団内のオーディションで選ばれなければいけないのだ。宏斗も毎回オーディションを受け続けたが、連敗続きだった。

やがて、後輩たちがどんどん主役を演じるようになり、一方で宏斗は端役すらもらえないことだってあった。レッスンに明け暮れる中、薄々と限界を感じていた。自分の力量に気づかされながらも、どうしても踏ん切りがつかず、ずるずるとしがみついていたのだ。先が見えず、年ばかりとっていくことに焦りと不安を覚える日々が続いた。

姉の葵が倒れたのはそんな時だった。

元気だったはずの彼女があっけなくこの世を去り、まだ四歳にもなっていなかった羽海と空良が寄り添って泣いている姿を見た瞬間、宏斗は自分の今やるべきことがはっきり見えた気がしたのだ。変な言い方だが、まるで姉に引き際を与えてもらったかのように、自然と心が決まった。

それからすぐに退団した。双子を引き取り、彼らの親代わりになる決心をしたのだった。

舞台は違うが、劇団で数年間必死に学んできたことは無駄にならず、今は子どもたちの前で披露している。保育士の仕事はやりがいがあるし、自分の選択は間違っていなかったと後悔もしていない。

「未練はないな。俺自身、両親を早くに亡くしていて、姉さんには世話になりっぱなしだったんだ。恩返しっていうのも変だけど、今度は俺が姉さんの代わりにあの子たちを見守ってやりたい。まあ、想像していたのよりずっと大変だけど、今の生活は楽しいし、あいつらを立派に育てるっていう新しい目標もできたことだし……」

そこまで話して、宏斗はハッと我に返った。対面の浦原はじっと黙って宏斗の話に耳を傾けてくれている。ついつい喋りすぎてしまった。

「ごめん、何か俺のどうでもいい話ばっかり聞かせてしまって」

羞恥を誤魔化すみたいに、慌ててパンを千切って口に詰め込んだ。

浦原が不思議そうに首を傾げて、そんなことはないと頭を振った。そうして、目元を僅かに和ませる。

「あの子たちが羨ましいな」

「え？」

「うちの親は宏斗先生たちと違って今も健在なんだが、俺が物心ついた頃からすでに仲が悪かった。小学校の頃に離婚して、俺は母親に引き取られたんだ」

初耳な話に宏斗は面食らった。

普段の浦原はあまり自分のことを語ろうとしない。彼が持つ独特の雰囲気がそうさせるのか、謎めいた私生活はあえて探らない方がいいような気すらしていた。愛称の『ウガトラ先生』が定着して、宏斗自身、彼をどこかキャラクターのような存在として受け入れていた節がある。浦原にも両親がいるのだという当たり前の事実に、なぜか戸惑ってしまった自分を恥じた。

「しばらく母親と二人で暮らしていたんだが、新しい男ができると、放ったらかしにされていたな。中学生になった頃から、俺もあまり家には寄り付かなくなったし」

荒れていた時期もあったようだ。高校を中退し、ブラブラしていた浦原は、ひょんなことがきっかけである男性と出会うことになる。それが、前職場であるベビーシッター派遣会社の社長だった。まだ起業したばかりで人手が足りず、何をするわけでもなく繁華街をうろついていた浦原が意外に器用だと知ると、強引に引き込んだのだという。

「メチャクチャな人だが、無気力だった俺の面倒をいろいろと見てくれたんだ。最初は事務をさせられたが、そのうち俺が使えそうだとわかったら、勝手に専門学校の入学手続きを済ませて無理やり通わせるわ、資格が取れなかったら授業料を全額払えと脅すわ。俺も負けず嫌いだから、意地になって猛勉強したんだ。おかげで、今もここで働ける」

その外見のせいで理不尽な目に遭うことも少なくなかったが、真面目で丁寧な仕事振りが認められるようになると、徐々にベビーシッターの依頼も増えていったそうだ。

そんな仕事振りを気に入って、むこうの社長と知り合いだったうちの園長が彼をスカウトしたらしい。子どもたちと触れ合う中、かねてから保育士の仕事にも興味を持っていた浦原は、いろいろと考えた末に転職を決意したという話だった。

「……そうだったのか」

浦原の身の上話は、宏斗にとって大変興味深い内容だった。

様々な資格を持っていることをただ単に凄いと思っていたが、その裏では相当な努力をしたのだと知れる。スタートが高校中退だと聞くと、十代の頃の彼はいろいろあったのだろうなと想像してしまった。

だが今は、自らの手で道を切り開き、自分の人生を選択し摑んでいるのだから、その姿は素直にかっこいいと思う。

浦原は宏斗のことを同じ保育士として尊敬すると言ったが、宏斗は人として浦原を尊敬する。自分も頑張らなくてはと思わされた。

浦原が少し懐かしげに目を細めて言った。

「まあ、そういう家庭環境だったからな。俺は家族団欒というものを経験した記憶がないんだ。家族揃って食卓を囲むという習慣がない家だったから、仲のいい宏斗先生たちを見て凄く癒される自分がいる」

宏斗は思わず瞬いた。浦原が微《かす》かに唇を引き上げる。

「この前は、その中に自分も入れてもらえて本当に嬉しかった」

そう心の底から喜ぶような声で言うので、宏斗はひどく面食らってしまった。

なぜかその瞬間、唐突に昔河原で拾った捨て犬が脳裏に浮かんだ。目が合ってしまい、まだ小学生だった宏斗は放っておけず家に連れて帰った。だが案の定、母と姉に叱られて、泣く泣く元の場所に返しに行ったのだ。そういう行為を、宏斗は小さい頃に何度か繰り返し、その度に母と姉に怒られていたことを思い出した。

あんたは情にほだされやすいんだから――いつかの姉の言葉が蘇った。浦原の家庭環境に同情したせいで、一瞬、強面の彼と段ボールの中からくうんと寂しげに鼻を鳴らしていた小さな捨て犬が重なって見えてしまう。

浦原がポテトに箸を突き刺す。宏斗は瞬時に現実に引き戻された。

「双子もいい子だし、宏斗先生のハンバーグも美味《おい》しかったしな」

「……あのハンバーグは、ほとんど浦原先生が作ったようなものだろ」

「作ったのは宏斗先生だ。子どもたちに美味しいものを食べさせてやりたいという気持ちが詰まっていて、美味かった。ハンバーグはタネを自分の手で捏ねるだろ？　そこに作り手の気持ちも一緒に混ざっている気がして、俺の好きな料理の一つなんだ」

みんなで食べるとまた格別だと、浦原が言う。

「あの子たちはまだ五歳なのに辛《つら》い過去を経験していて本当に気の毒だけど、そんなことを感じさせないくらい元気いっぱいで、毎日幸せそうだ。それもこれも、宏斗先生が傍《そば》にいて二人を見守っているからだな。たっぷり愛情をもらってすくすくと成長している子どもの姿を見ると、こっちも幸せな気分になる。宏斗先生の家族は俺の理想だ」

宏斗は目を瞠った。カアッと頬が熱くなるのが自分でもわかる。

「……そんなにおだてても、何も出ないけど」

「別におだてたつもりはない。本当のことを言っただけだろ？」

浦原が怪訝そうに首を傾げる。最初の頃のいけ好かない彼は鳴りを潜めて、今は本来の実直さばかりが目立つ。大人相手には当たりが厳しい男かと思っていたけれど、そういうわけでもないようだ。対応に困るようなことを真面目に言うので、宏斗はますます体温が上昇して焦った。

「――あのさ。もし、浦原先生さえよかったら、時々うちで一緒にゴハンを食べるっていうのは、どう？」

「え？」と、浦原が吊り気味の目を丸くする。

宏斗は照れ臭さに紅潮した頬を俯けて、スープを掬いながら続けた。

「あいつらも喜ぶだろうし、俺も、浦原先生がいると料理の腕が上がるかもしれないし。何なら今日からうちに来れば？　まだ何を作るか決めてないからさ、一緒にスーパーに寄って帰ればいいし。さっき自分でも言ってただろ？　人数が多い方が食事も楽しいって」

「……いいのか？」

浦原が戸惑うように問いかけてきた。その男臭い顔に、どういうわけかまたあの仔犬の愛らしい姿が重なる。宏斗に見つけてもらい、段ボールから身を乗り出すようにして尻尾を振っていた時の顔だ。

「その代わり、いろいろ教えてくれよ。来月はまたお弁当の日があるんだからさ。浦原先生には、俺が歌とダンスを特訓してやるよ。そうだ。うちには現役保育園児が二人もいるんだから、あいつらにも稽古をつけてもらったら？　小さい先生たちもあれでなかなかダンスは上手いぞ。今年の運動会は五歳と六歳クラスの合同ダンスで、昨日もさっそく習ったところを家で踊っててさ……」

話しながらちらっと対面を窺うと、浦原が嬉しそうに耳を傾けて相槌《あいづち》を打っていた。

浦原は自己申告した通り、リズム感が壊滅的だった。

しかし、苦手なダンスと歌でも、練習を重ねればそれなりの恰好になることを証明した。やはり努力の男なのだ。

「ウガトラ先生、すごいよ！　昨日はできなかったのに、今日はできてる！」

「そうか？　練習したんだ」

浦原がホッとしたように言った。一緒に踊っていた羽海と空良はすごいすごいと興奮気味に拍手をしている。

宏斗も感心していた。昨日はロボットのようにカクカクとしたぎこちない動きで、何度も双子に直されていた箇所を、たった一日で完璧に仕上げてきたからだ。家でも練習したのだろうか。あの強面で一人くねくねと踊る姿を想像するとおかしくて、悪いと思いながらもついつい笑いが込み上げてくる。

宏斗が夕飯に誘ってからというもの、浦原は今のところ皆勤賞で小玉家を訪れていた。

仕事が終わってチューリップ組の教室を覗くと、双子と浦原が一緒にダンスを踊っている光景をよく目にする。帰り道では歌を歌いながら歩き、四人でスーパーに寄ってからアパートに帰るのが当たり前のようになっていた。

家に帰ると、今度は宏斗が浦原にしごかれる。

「しっかり混ぜろ。全然混ざってないじゃないか」

「雑すぎる。ここを丁寧にやるかやらないかで、仕上がりが全然違ってくるんだ。時間がかるといっても、ほんの数秒の手間だぞ。時間短縮は他でやる。ここは手を抜くな」

「あの子たちに美味いものを食わせてやるんだろ？　文句を言う暇があったら手を動かせ」

まるでスポ根並みの料理教室が日々行われていた。子どもにはデレデレとしているが、宏斗に対しては鬼だ。

宏斗もまた負けず嫌いな性格をしているので、挑発的な物言いをされるとますますやる気に火がついてしまう。料理はスポーツだ。浦原がダンスに歌にと着実に上達しているのに、自分だけレベルアップしないわけにはいかない。

羽海と空良が「ヒロくん、がんばって」と見守る中、宏斗も浦原のスパルタ指導のおかげで、以前と比べたら手際がよくなってきた気がする。何より、そうやって作った料理を双子がおいしいおいしいと言って食べてくれるのが嬉しかった。しごかれた甲斐《かい》があったというものだ。

いつものベチョッとしたものとは違う、パラパラで香ばしい五目炒飯《チャーハン》を食べていた時のことだ。

「え！　ウガトラ先生、動物園に行ったことがないの？」

双子がびっくりしたような声を上げた。

「ヒロくん、ヒロくん。ウガトラ先生、うさぎさんをなでなでしたことがないんだって」

両側から羽海と空良が改めて報告してくる。狭いちゃぶ台を囲んでいるので、宏斗にも全部会話は聞こえているのだが、浦原の動物園未経験が二人には相当意外だったようだ。

「小学校の時に遠足で動物園に行く予定だったんだが、俺は行かなかったんだ」

「どうして？」

「お熱が出たの？」

「……うん、まあそんなところだ」

「そっかあ。先生、残念だったね」

「お熱じゃ、しょうがないもんね」

浦原がどこか申し訳なさそうに苦笑する。

彼の家庭環境を聞いていた宏斗は、きっと何か別の事情があったのだろうなと察した。その頃にはもう両親は離婚していたのだろうか。一緒に食卓を囲んだ記憶がないと言っていたから、幼少期にどこかへ遊びに連れて行ってもらったこともなかったのかもしれない。浦原の経験値はひどく偏っている気がする。

「ここから結構近いんだけど、動物ふれあい牧場っていうところがあるんだ」

宏斗が言うと、双子がパッとこちらを向いて目を輝かせた。

「動物園みたいに大型の動物がいるわけじゃないんだけど、ポニーとかブタもいたかな？」

「いたよ！」

「この前、ぼくたち黒いブタさんにエサをあげたもん」

双子のテンションが上がる。半年ほど前に二人を連れて遊びにいったのだ。

「そうだったな。うさぎもたくさんいるし、触ってエサをあげることができるんだよ」

「へえ」と、浦原が興味深そうに頷いた。興奮した双子が立ち上がり、浦原の傍に寄ってどんな動物がいたのかを身振り手振りを交えて詳しく説明しだす。

「浦原先生は、今度の日曜の予定は？」

双子の話が一段落ついたところを見計らって、宏斗は訊ねた。浦原がこちらを向く。

「日曜？　いや、特には何もないけど」

「それじゃあ、今度の日曜日に四人で出かけようか」

「ヒロくん、それホント！」

浦原より先に、双子がバンザイをしてはしゃぎだした。今度は宏斗の傍に寄ってきたかと思うと、両サイドから顔を覗き込むようにして口々に確認してくる。

「ウソじゃないよね？」

「ぼくたち、ヒロくんを信じてるからね。約束だよ？」

「人聞きの悪いこと言うなよ。俺がウソをついたことがあったか？」

うーんと、生意気にも揃って難しい顔をしてみせる二人の額を指先で弾いてやった。

「約束は守るって言ってるだろ。今度の日曜なら用事はないし。浦原先生はどう？」

「先生、もちろん行くよね？」

「うさぎさんをなでなでできるよ？　ふわふわしてて、すごく気持ちいいから」

双子が振り返り、懸命に目線で訴える。四人でというのが重要なのだと、彼らもわかっているようだった。

ぽかんと三人のやりとりを眺めていた浦原が、我に返ったみたいに目を瞬かせた。

「……邪魔じゃなかったら、俺も参加させてくれ」

照れ臭そうな返答に、宏斗は思わず頬を弛ませる。

「もちろん。じゃあ、決まりだ。今度の日曜日は四人でお出かけしよう」

双子がやったーと、ピョンピョン飛び跳ねた。

■5■

移動は任せてくれ。俺が車を出す。

浦原が張り切ってそう申し出てくれたので、電車とバスを乗り継いで出かけた前回よりも随分とラクに牧場まで辿り着いた。

宏斗も運転免許は持っているが、肝心の車がない。浦原は一台の車を友人と共有しているそうで、普段はその彼の家の駐車場に置いてあるらしい。そういう所有の仕方もあるのだなと関心を持った。一人の時は特に考えたこともなかったが、二人も子どもがいると、やはり車があった方が便利だと思うことも少なくないからだ。

「いい天気でよかったな」

車を降りると、初秋の風が肌を撫ぜた。山側なので平地よりも大分涼しい。

「うん！　てるてる作ったカイがあったね」

「いっぱい作ったもんね」

二人は今日のために、三日前からてるてる坊主を作り祈っていたのだ。大量のてるてる坊主がぶら下がっている光景は異様だったが、彼らは本当にこの日を楽しみにしていたので、晴れてよかったと宏斗もホッとする。湿度が高くなく、カラッとしたお出かけ日和だ。

牧場には家族連れがたくさん訪れていた。

乗馬や搾乳体験もできるため、大人も楽しめる場所だ。新鮮な牛乳から作られたチーズやプリン、ソフトクリームなども販売していて、売店には早くも人だかりができていた。

「ヒロくん、あっちにいるの何？」

「え、どれ？　あー、あれは山羊《やぎ》じゃないか？」

白い頭を柵の隙間からつき出して、子どもたちからエサをもらっている。

「むこうには羊もいるみたいだぞ。ふれあい広場で一緒にお散歩ができるんだってさ」

案内マップを見ながら宏斗は場所を確認する。エサあげの他にも、うさぎやモルモットなどの小動物と遊べたり、アヒルの行進が見られたりと、いろいろ楽しめそうだ。子どもがポニーに乗れる体験コーナーもある。

「おっ、牛さんの赤ちゃんが生まれたんだって。ミルクをあげることができるみたいだぞ」

「牛さん！」

「ミルクあげたい！」

「牛舎はあっちみたいだな。そこから回るか」

矢印の形の案内板を見て、浦原が指差す。しかし、羽海と空良は浦原の両手を掴み、別方向へと引っ張った。

「牛さんは後でいいよ。先にうさぎさんのところへ行こうよ」

「まずは、ウガトラ先生とうさぎさんをなでなでしないとね」

「……いいのか？」

「うん！」

双子が頷く。

「だって今日は、先生が主役だもん」

「先生、初めてでしょ？　ぼくたちが案内するよ。ね、ヒロくん？」

揃って振り返られて、宏斗も笑いながら頷いた。

浦原よりも自分たちの方がこの場所に詳しいことが嬉しいらしい。頼もしい足取りでぐいぐいと浦原を引っ張っていく。浦原は少し戸惑いつつも、満更でもないようだった。子ども二人に手を引かれて楽しそうだ。

そんな様子を微笑ましく思いながら、宏斗も後をついていく。身長差が一メートル近くあるでこぼこの三人が手をつないで歩く後ろ姿はあまりにもかわいく、こっそりデジカメに収めた。浦原が気を遣って精一杯手を伸ばしているところも愉快だ。

小動物広場に着くと、子どもたちはさっそくうさぎを追い掛け回し始めた。

「いっぱいいるよ」

「先生も早く！」

「ああ、今行く」

双子に手招きされて、浦原が慎重に囲いの中に足を踏み入れる。どこに行っても浦原の高身長は人目を引き、更にこの強面が加わって悪目立ちしてしまう。

だが不思議なもので、子どもを連れているとわかると、周囲の目も若干優しくなるのがわかった。また双子が「先生」と呼ぶので、どういう関係なのだろうかと好奇の眼差しを向けてくる人もいるようだ。ここに宏斗が加わった四人は、果たしてどんなふうに見えているのだろうか。

「どうした？　何やってんだよ」

宏斗も広場に入り、キョロキョロしながらなかなか前に進まない浦原の背中を叩いた。

「いや、うさぎがチョロチョロしているから、踏み付けないように気をつけないと。うさぎってこんなに小さいものなんだな。あいつなんか、砂の色と似ているから見分けがつかないだろ。うっかり蹴飛ばしてしまったら危険だ」

真面目な顔で言うので、思わずプッと吹き出してしまう。傍で小さな女の子を連れていた母親にも聞こえたのだろう。外見に似合わない会話がおかしかったのか、くすくすと笑っていた。

「大丈夫だよ。いくらうさぎでもおとなしく踏まれてないって。危険だとわかったら逃げるだろ。ほら、呼んでるぞ。俺、エサを買ってくるから。あいつらを見てて」

「ああ、わかった」

子どもたちを頼んで、宏斗はエサ売り場に向かう。

カップに入ったエサを購入して戻ると、浦原が何ともメルヘンな世界を繰り広げていた。

「あ、ヒロくん！　見て見て」

「何にもしてないのに、先生のまわりにうさぎさんが集まってくるんだよ」

羽海と空良は大興奮だ。それもそのはず、デンと聳《そび》え立つ大木のように硬直した浦原の足元に、わらわらとうさぎたちが寄って行くのだ。

「うわあ……すごいことになってるな」

一人の人間をうさぎが集中して取り囲む様子は、なかなか見られない光景だという。しかも浦原はエサを持っているわけではない。うさぎが勝手に浦原に擦り寄っていくのだ。飼育員のお姉さんも「どうしたんだろう？」と、ちょっとびっくりしているようだった。

羽海と空良に引っ張られて、浦原が慎重にしゃがむ。自分がオブジェではないことを示そうと思ったのかどうかはわからないが、長い手足を恐る恐る動かしてみせた。だがうさぎたちはまったく逃げる様子もなくますます浦原にくっついて、鼻をひくひくさせながら丸い目でじっと見上げている。

やがてうさぎの群れに誘われるようにして子どもたちまでが浦原を取り囲み、まるで童話の一場面を見ているかのようだった。大人たちも「すごいわね、あのお父さん」「飼育員さんじゃないの？」と浦原に興味津々だ。

当の本人はどうしていいのかわからず、もう一歩も動けないようだった。

バチッと視線がぶつかって、浦原が「助けてくれ」と目で訴えてくる。このありえない状況に本気で動揺している様子が手に取るように伝わってきて、宏斗は少々気の毒に思いながらも、ついつい目尻を下げてデジカメを構えてしまう。茫然とする浦原の両脇には羽海と空良がいて、うさぎを抱っこして大はしゃぎだった。こんな素敵なシャッターチャンスを逃すわけにはいかない。

カメラ目線で、浦原がしつこくSOSを送ってきた。

「そうは言われてもなあ……」

せっかく懐いているうさぎたちを無理に追い払うわけにもいかない。浦原にはもう少し頑張ってもらうしかなかった。子どもたちも楽しそうだし、浦原には幸せなシチュエーションのはずだが、何せ初めての経験なのでどうしても困惑の方が勝ってしまうのだろう。

本人の戸惑いはよそに、強面の男とかわいい動物と子どもの組み合わせはギャップが効いていて、見ている大人たちの心をほんわかと和ませてくれる。

彼の体臭には何か動物を惹き付ける特別な匂いでも混じっているのではないか。そう思うほど、浦原の人気ぶりは凄かった。

「奇跡を起こしたな……プッ、ブハハッ」

飼育員さんに手伝ってもらい、ようやくうさぎから逃れた浦原の疲れた顔を見て、宏斗は大笑いした。

「……笑い事じゃない」

浦原がムッとして宏斗を睨みつけてくる。

「何で助けてくれなかったんだ。呑気にカメラなんか構えてる場合じゃないだろ」

「いや、だって。羽海も空良もすごくいい顔してたんだよ。浦原先生もなかなか面白い顔をしてたし。よかったたな、うさぎといっぱい戯れて。えらく気に入られてたもんな。飼育員顔負けの懐きっぷりだったし」

「あれは、気に入られていたのか？」

双子と手をつないで歩く浦原が複雑そうに首を捻る。その時、二人が甲高い声を上げた。

「あ！　あっちから何か来た！」

「先生、見て！　ほら、アヒルさん！」

「うん？　おお、本当だ」

通路をアヒルの列がトテトテと行進中だった。丸いお尻をフリフリしながら、愛嬌を振りまき歩いている。

「かわいいなあ」

しゃがんで目線をアヒルに合わせた宏斗は頬を弛ませてシャッターを切った。

「お前たちもあんな感じだったんだよ。二人とも赤ちゃんの頃は、オムツをしたお尻をフリフリしながら歩いてたんだから」

「ええっ」と、二人が叫んだ。

「ヨチヨチしてて、すごくかわいかったんだぞ」

「……今は？」

双子が両脇から宏斗の顔を覗き込んでくる。

「今のぼくたち、もうフリフリしないもんね。フゴーカク？」

「フリフリしてないからかわいくない？」

「何言ってんだよ、かわいいに決まってるだろ」

しゅんとしてみせる二人の腰に腕を回し、ぎゅっと抱き寄せてぐりぐり頬擦りをしてやった。わかってやっているのか、双子はキャッキャと笑って楽しんでいる。

「三人で写真を撮ってやる」

微笑ましげに見ていた浦原が、宏斗からデジカメを受け取ろうとした。

「待って。せっかくだから四人で撮ろう。誰かに撮ってもらおうよ」

「いや、俺は……」

「先生、こっちこっち」

「アヒルさんが入るかな。先生、高いよ。しゃがんで！」

子どもたちに言われるままに、浦原が慌てて長身を屈《かが》める。宏斗は通りかかった中年夫婦にデジカメを預けて急いで戻った。双子を浦原と宏斗で挟むようにしてポーズを取る。

「撮りますよ。はい、チーズ」

四人で初めて撮った写真は、上手い具合にアヒルの行列が背景に入っていて、とてもいい感じだった。浦原も珍しく笑顔だ。

「よし。じゃあ、今度はどこに行こうか」

「牛さんにミルクあげたい！」

「あ、待って！　ソフトクリームがあるよ！」

「本当だ！　ぼく、のど渇いた気がする」

「ぼくも。ちょっとのど渇いたよね」

「ねえ、ヒロくん」

「ぼくたち、ソフト食べたい」

こういう時に双子の威力を感じる。上目遣いに見上げてくる角度も間の取り方も、息ピッタリだ。

「そうだな、ちょっと休憩しようか。浦原先生もうさぎさんといっぱい遊んで疲れただろうし」

浦原がバツの悪そうな顔をしてみせた。わーいと喜んだ双子が浦原に問いかける。

「先生、うさぎさんどうだった？」

「違う色のうさぎさんを全部なでなでしたもんね」

「思っていたより、ふわふわしていたな」

「でしょ！」

「ふかふかなんだよー。初めて撫でたけど、かわいかったよね？」

「そうだな。気持ちよかったな。でも二人がいなかったら、どうやって触ったらいいのかわからなかったぞ。教えてくれて助かった」

浦原がうさぎにそうするよりも慣れた手つきで彼らの小さな頭を撫でる。二人は揃ってふんと鼻の穴を膨らませて、得意げに胸を張った。

「先生、まだまだ知らないことといっぱいあるでしょ？」

「ぼくたちが先生にいろいろ教えてあげるよ。ね、ヒロくん！」

双子から話を振られて、宏斗も頷く。

「浦原先生、プライベートではそこの小さい先生たちにいろいろと教わったらいいよ。うちはいつでも遊びに来てくれて大歓迎だから」

一瞬、面食らったような顔をした浦原が、「ありがとう」と本当に嬉しそうに微笑んだ。

そんな彼を見て、何だか胸がきゅんとなる。

大抵の人が子どもの頃に家族と一緒に経験したことを、浦原は知らずにこの年まできた。一人ではなかなかできないことも、宏斗たちと一緒に四人でならいろいろな体験ができるはずだ。傲慢な考えかもしれないが、もっともっと浦原を自分たち家族の中に引き込んでやりたいと思ってしまう。

たっぷりと遊んで牧場を後にし、アパートまで送り届けてくれた浦原を夕飯に誘った。

今日は小玉家では定番の手抜き料理、手巻き寿司だ。

宏斗たちは冷蔵庫の余り物を減らすため月に二日は手巻き寿司の日を作るのだが、浦原は初めてだという。いつもは料理のスパルタ指導をしてもらう彼に、今日は宏斗が教える。

納豆やツナ缶、キュウリに卵、ウインナーも炒めてちゃぶ台に次々と並べていく。

買い置きの海苔《のり》に酢飯を敷き、あとは各自好きな具を巻くだけだ。

「先生、あまりごはんが多いと巻けなくなるからね」

「こんな感じでいいか?」

「うん。そしたらね、好きな具をこの上にのっけるの」

「ぼくはレタスと納豆にしよっと。先生はどれにする?」

「じゃあ、同じものにする」

子どもたちの手本に倣って、浦原もせっせと真似《まね》をする。

「そしたらね、海苔のはしっこを持って」

「ここか?」

「うん、そう。あとはね、こうやってね、クルクル巻いたらできあがり!」

初めて作った手巻き寿司に、浦原はどこか感動したようなため息をついてみせた。

「いただきます」と、三人揃ってかぶりつく様子を眺めて、宏斗も嬉しくなる。

他にも、浦原にとって未経験のことはたくさんあるはずだ。次は何をしようか――。あれこれ妄想を膨らませて、そこに浦原も一緒に参加している図を思い浮かべると、楽しくて仕方なかった。


それからも浦原との交流は順調に続いている。

仕事が終わると、羽海と空良と一緒に四人で帰るのが日課になっていた。これからフクフクマーケットに寄って買い物をしてから、小玉家でいつものように夕食だ。

浦原と手をつなぎながら、双子が訊ねる。

「先生、今日のダンスの時間はどうだった？」

「上手にできた？」

「バッチリだった。つくし組の子たちにびっくりされたぞ。完璧に踊ってやったからな」

「すごーい！」

「よかったね、先生」

「教えてくれた先生たちが優秀だからな」

褒められて、えへへと双子が得意げに笑った。

三歳児たちに大笑いされてから、お遊戯の時間もなるべく控えめに子どもたちに紛れていた浦原だったが、今日は完璧にマスターしたダンスをノーミスで披露してみせたのである。

これには園児たちもびっくりしていた。更には歌の方でも、宏斗と双子が付き合って毎日特訓したので、初日の調子っぱずれなものとはまったく違う迫力ある歌声を聞かせて、つくし組を騒然とさせたのだった。ポンコツ先生の変身振りを目の当たりにして、子どもたちは尊敬の眼差しで浦原を見つめていた。

——浦原先生は毎日一生懸命頑張って練習したんだよ。みんなと一緒に運動会で踊りたいからって。どうかな？　浦原先生、上手になったかな？

宏斗が訊ねると、子どもたちは「じょうずー！」と浦原を口々に褒め称えたのだった。

賑やかな夕食を終えて、浦原と並んで食器を洗っていると、羽海と空良が思い出したように言った。

「ヒロくん、マントがあったんだ！」

「マント？」

振り返ると、羽海は青の布を、空良は紫の布を保育園鞄から引っ張り出して、畳の上に広げている。

「運動会のマントだよ」

「これを作らないとダンスが踊れない」

「ああ、そういえばチューリップとヒマワリさんはヒーローダンスだったっけ?」

今年の春に子どもたちの間で大ヒットしたヒーローアニメのテーマソングだ。

エンディングの中でヒーローや悪役も総出で一緒に踊っており、子どもたちがたちまち真似をはじめたことで社会現象にまでなった。夏には各地でイベントが開催され、宏斗も双子にせがまれてデパートの特設ステージ場へ足を運んだほどだ。今年の年長組はこのヒーローダンスを踊るのだ。

「どれどれ。ちょっと見せて」

保護者宛てのおたよりには、マントの作り方がイラストつきで説明してあった。保護者がマントのベースを作り、あとは保育園で子どもたちが思い思いの飾り付けをするのだ。

説明を読んだところ、それほど作り方は難しくない。指定された箇所を縫って、あとは首の前で留める紐《ひも》を取り付けるだけだ。

しかし、裁縫が苦手な宏斗にはなかなかの大仕事である。しかも二人分。

押入れから姉が使っていたミシンを取り出し、ちゃぶ台の上に据えた。

てらてらとしたサテン地を睨みつけて、不安になる。何せ雑巾を縫うだけでも苦労するのに、このぺらぺらの生地を果たして真っ直《ま》ぐ《す》縫えるのだろうか。

「運動会の衣装か。こういうのも手作りなんだな」

ふっと影が差したと思ったら、洗い物を終えた浦原が背後から覗き込んできた。

「へえ、マントか。カッコイイな」

「ぼく、ブルー！」

「ぼく、パープル！」

二人が両手を突き上げて、コミカルなダンスを踊りだす。

「マントはいいんだけど、ミシンがなあ……」

楽しそうな双子を横目に見ながら、宏斗は憂鬱《ゆううつ》なため息をついた。浦原が意外そうに訊いてくる。

「何だ、苦手なのか？　それにしては随分と使い込んであるミシンだけど」

「姉が使っていたものなんだ。姉さんはこういうのが好きで、よく二人の服まで作ってたみたいなんだけどさ。俺はまったく。使い方を覚えるだけで大変だったよ」

「劇団では衣装は作らなかったのか？」

「作るんだけど、そこは衣装係に任せてた。できないヤツが混ざると余計に迷惑かけちゃうし。金も時間もないから、無駄はなるべく省くように協力して作業を分担しないといけないからな。俺は大道具とか小道具をやってたんだよ」

「なるほど」

納得した浦原が、突然「よし、代わろう」と言い出した。

「え？　代わるって？」

「俺がマントを作る。お姉さんではないが、こういうのは俺も結構得意なんだ」

思いがけないことを言って、一度下ろしたシャツの腕を再び捲り始めた。宏斗は迫力に押し出されるようにして、慌ててミシンの前をどく。

「宏斗先生は縫いしろ部分を折り返して、マチ針で押さえてくれないか」

「え、ど、どう？　ごめん、どうやってやればいいんだ？」

浦原が丁寧に教えてくれる。長くて節張った指が、驚くほど器用に動く。

「あとはこの繰り返しだ。端まで全部やってくれ。その方が縫いやすい」

「わ、わかった」

「頼む。それじゃあ、こっちも始めるぞ」

浦原がまるでこれからケンカでも仕掛けるかのように、ぐるりと首と肩を回し、指を組んでボキボキと鳴らした。

そして、ガタガタガタと一気に高速でミシンを動かし始める。

「——できたぞ。こんな感じでいいか？」

あっという間に出来上がった青色のマントを見て、宏斗をはじめ羽海と空良もぽかんと目と口を丸くした。

縫い目も真っ直ぐで歪《ゆが》んだところが一箇所もない。

「……すごい。こんな特技まで持ってたのか」

思わず漏れた称賛の言葉に、浦原が照れ臭そうに唇の端を引き上げた。

「保育園ではあまり使う場面がないからな。役に立ってよかった」

「先生、すごいね！　お店の人みたいだよ」

「ガタガタガタッてマシンを動かしてててすっごくカッコイイ！　もう一回してみせて！」

双子がぴょんぴょん跳ねて浦原に飛びつく。二人を抱きとめて、胡坐《あぐら》を掻いた膝《ひざ》の上に乗せる彼を眺めながら、宏斗は内心戸惑っていた。

仲良くなれそうにないと毒づいていたはずが、いつの間にか、家族みたいに毎日当たり前のように一緒にいる。

初対面の印象が百八十度変わり、今は浦原の新たな一面を見つけるたびに子どもたちと一緒になって興奮してしまう自分がいた。彼にはまだまだ自分たちの知らない引き出しがありそうだ。

もっと、浦原のことを知りたい。——最初の頃とは打って変わって、そんなことを思ってしまう自分自身に驚く。

浦原にも、宏斗たちのことをもっともっと知ってもらいたいし、これからも積極的にかかわっていけたらと思う。

——先生、まだまだ知らないこといっぱいあるでしょ？

——ぼくたちが先生にいろいろ教えてあげるよ。ね、ヒロくん！

宏斗は完成した二着のマントを眺めながら、あれこれと思いをめぐらせた。今度の休日は四人で何をしようか……。

しかし、計画していた予定はすべてキャンセルになった。

何があったのか急に浦原が多忙になり、それまでのように誘っても遊びに来なくなってしまったからだ。

■6■

「ねえ、先生。今日は来るでしょ？」

「一緒にごはん食べようよ」

右手に羽海《うみ》、左手に空良《そら》をはべらせた浦原《うらはら》は、すまなそうに言った。

「ごめん。今日も外せない用があって、帰らないといけないんだ」

「えー！」と、双子が不満の声を張り上げる。

「こら、あまり大きな声を上げちゃダメだろ」

もう辺りは暗い。換気扇が回り夕餉《ゆうげ》の匂いが漂う往来を歩きながら宏斗《ひろと》が注意すると、彼らは「だって……」とアヒルのように唇を突き出した。

むっつりと餅みたいにふくれた二人の頭を、浦原が弱ったように撫《な》でている。

「何かあったのか？　最近はずっと急いで帰ってるみたいだけど」

宏斗も気になっていたことだった。もう一週間ほどこんな状態が続いている。双子もすっかりご機嫌斜めだ。

あれだけ毎日一緒に夕飯を食べていたのだから、彼らがふて腐れる気持ちもわからなくはない。何か困っていることがあるのなら、宏斗もできる範囲で力を貸す。そのつもりで訊《たず》ねたのだが、浦原の答えは素っ気ないものだった。

「いや、大したことではないんだ。ただ、もうしばらくは……」

言葉尻を濁されて、それ以上は深く追うこともできなくなる。詳しくは話したくないような素振《そぶ》りだった。

沈黙が落ちて、すぐにいつもの交差点についてしまった。ここで浦原とはお別れだ。

「それじゃ、また明日。気をつけて」

「うん。ほら、二人もいつまでも拗《す》ねてないで、先生に挨拶しなさい」

相変わらずぶすっと頬《ほお》を膨らませた二人が、「先生、さようなら」と元気のない声で言った傍《そば》から揃《そろ》ってしゅんと項垂《うなだ》れてしまった。

浦原が一瞬、くっと眉間《みけん》に皺《しわ》を寄せる。そのまま去っていくのかと思ったら、いきなり踵《きびす》を返して双子の前に跪《ひざまず》いた。

「今度の月曜日——月曜になったら、また二人のおうちに遊びに行ってもいいか?」

俯《うつむ》いていた二人がパッと顔を上げた。

「本当に!」

「約束だよ!」

「ああ、約束」

双子と指切りげんまんをする浦原に、宏斗は戸惑いがちに訊ねた。

「なあ、いいのかよ？　あまり期待をもたせるようなことは、できれば言わないで欲しいんだけど」

やっぱり無理だったと断られた時の双子の気持ちを考えると、少し責めるような口調になってしまう。

しかし、立ち上がった浦原は「大丈夫だ。約束は絶対に守る」と、きっぱり言い切った。

「だから、来週からまた、以前みたいにお邪魔させてもらってもいいか？」

「それは構わないけど……」

答えると、浦原がホッとしたように少し肩の力を抜いたのがわかった。

「それじゃ、また明日」

「うん、お疲れ様。忙しいのかもしれないけど、ちゃんと食べて寝ろよ。保育士は体が資本だからな」

「ああ、ありがとう」

浦原が微笑《ほほえ》んだ。少し疲れが滲《にじ》んでいるなと思う。今は夜闇にまぎれてわかりにくいけれど、目の下にうっすらとクマが浮いているのを宏斗は昼間確認していた。体力は無駄にありそうだが、やはり自分たちに隠れてこそこそと何をしているのかが気にかかる。彼のことをもっと知りたいと思った矢先の隠し事だったので、余計に胸の中にもやもやとしたものが渦巻いているのかもしれない。

しかしそれも、本人の口からはっきりと月曜日には解消すると言ったのだ。こちらから下手に探るのは野暮《やぼ》というものだろう。

去っていく浦原を見送る。「先生、ばいばーい！」と、双子が手を振り、振り返った浦原も律儀に振り返してくる。結局、お互いの姿が見えなくなるまで手を振り続けていた。

「先生、帰っちゃったね」

「一緒にギョーザを作ろうって約束したのに。まだ作ってくれない」

羽海と空良が宏斗の両手を摑《つか》んできた。さっきまで必死に手を振っていたのに、急に元気がなくなってしょんぼりしている。

「忙しいんだから仕方ないだろ？　でも、月曜日にはまた一緒にごはん食べようって約束してくれたじゃないか。あー、でも。餃子は時間がかかるから、平日は難しいな。そうだな、次の次の日曜日にみんなで餃子パーティーをしようか」

「パーティー？」

「ウガトラ先生も？」

「もちろん。先生が言い出したんだからな。変わった餃子の作り方を知ってるらしいぞ」

「やった！　ヒロくん、絶対だよ！」

「四人でパーティーだね！」

双子が飛び跳ねて喜ぶ。

四人か——宏斗はふと六畳間のちゃぶ台を思った。これまで適当だった三人の座り場所がきちんと固定されて、この一週間は宏斗の向かい側はずっと空いていた。そこは浦原の指定席だからだ。いつの間にか、あの狭い部屋には浦原の居場所があって当たり前のようになっていて、いないと落ち着かない。双子ほどあからさまにがっかりしたり寂しがってみせたりすることはできないが、宏斗の心情も彼らと同じだった。

双子と手をつないで歩きながら、早く月曜日になればいいのにと思う。

その週が終わり、日曜日は気持ちのいい秋晴れの天気だった。

さっそく双子に手伝ってもらってベランダに布団を干し、洗濯機を回す。

明日は待ちに待った月曜日だ。浦原がこの部屋にやって来る。部屋が汚いとウガトラ先生に怒られちゃうと、子どもたちは進んで自分たちが散らかしたオモチャを片付け始めた。その間に宏斗も掃除機をかけたりアイロンがけをしたりと忙しく動き回り、午前中はあっという間に終わってしまった。

「いい天気だし、お散歩にでも出かけようか」

昼食を終えて声をかけた途端、「行くー！」と、双子が喜んで走ってくる。帽子を被《かぶ》った二人を連れて外に出た。

「公園に行って、それから買い物をして帰ろうか。今夜は何にしようかな」

最近は料理指導が入らないので、レパートリーは増えないままだ。それでも以前よりは大分腕が上がったと自負している。

スーパーで食材を眺めていても、どれとどれを組み合わせてどんな味付けにすればいいのか想像力が働くようになった。調理の過程も何となく頭の中でシミュレーションができる。

浦原と並んでスーパーを歩いていると、抜き打ちテストのようにそういう話題を振られるからだ。食材の保存方法も教えてもらったので、多めに買っても無駄なく使えるし、余り物を利用した簡単レシピも覚えて、宏斗の主夫力は確実にアップしている。

休日の午後の公園は、のんびりとした時間が流れていた。

十月に入って間もないが、九月から数日過ぎただけでずいぶんと秋めいてきたように感じられる。空の色も夏の濃い青と比べて格段と薄まり、高くなった。

まだイチョウの葉は緑が多いが、これから徐々に黄色へ変化していくはずだ。先月出かけた牧場は、山なのでより秋を感じられるに違いない。すでに紅葉が始まっているだろうか。

保育園でもどんぐりや松ぼっくりを拾ってきて工作に使う。真っ赤なモミジや黄色いイチョウの葉も使えるし、秋は子どもたちにとっても創造力を鍛えるいい季節だ。

羽海と空良と一緒にイチョウ並木を眺めて歩きながら、銀杏《ぎんなん》や茶碗蒸しの話をした。

「茶碗蒸し、おいしいよねー」

「そうだなあ。春雨と銀杏、鶏肉、シイタケ、ホウレン草にナルト……」

姉の茶碗蒸しを思い出す。子どもが好きな春雨を短く切って入れて、三つ葉の代わりにホウレン草が入っていた。

「シイタケいらなーい」

「ホウレン草いらなーい」

「何でだよ、おいしいだろ?」

「おいしくないよ。春雨いっぱいがいい!」

「ぼく、たこさんウインナー!」

「ウインナーを茶碗蒸しに入れるのか? えー、おいしくないって」

「ブッブー! 空良のウインナーはまちがいです」

「そんなことないもん!」

空良がぷうっと頬を膨らませる。「絶対、おいしいよ! おいしいものとおいしいものを一緒にしたら二倍おいしいよ! ねえ、ヒロくん。ウインナー茶碗蒸し作ってよ」

宏斗の腕を摑んで空良がブンブン振り回す。

「茶碗蒸しかあ。食べたくなってきたなあ。茶碗蒸しってどうやって作るんだっけ?」

明日、浦原に訊《き》いてみようか。浦原が好きな茶碗蒸しの具は何だろう?

並木道を抜けて児童公園に入ると、遊びに来ている親子連れが結構いた。

日曜だからか、お父さんの姿も多く見受けられる。芝生ではサッカーやキャッチボールをする親子もいた。

うちの双子はボールを使うよりも遊具で遊ぶ方が好きらしい。最近のお気に入りはジャングルジムのようで、すぐに走って行き、二人で競うように上り始めた。

「気をつけないと危ないぞ。この前も落ちかけたんだろ？　ちゃんと摑まって、足元を確認しながら上らないと……」

声をかけた途端、二人の動きが鈍くなる。鉄の棒に足をかけたまま止まり、彼らがぽつりと言った。

「ウガトラ先生、どうしてるかな」

「元気かなあ」

「……昨日も会っただろ？」

「うん。でも、昨日は元気でも、今日はお熱がでてるかもしれないよ？」

「苦しんでいるかも。いいの？　ヒロくん」

頭上から二人にじいっと見つめられて、宏斗は思わずたじろぐ。

「いや、よくはないけど。先生だってもう大人なんだから、病気になったらちゃんと自分で病院に行くって」

「でも、今日は日曜日なんだ！」

「病院、お休みだよ！」

「お休みでも、救急で診てもらえるところがあるから。心配しなくても大丈夫だって」

「何だかヒロくん、ずいぶんと冷たいよね」

「もしかして、もうウガトラ先生に飽きちゃったの？」

「先生、なかなかうちに来ないもんね。ケンタイキってやつかな？」

「ヒロくんの気持ちもわかるけど、せめて月曜日まで待ってあげようよ」

「…………」

どう考えたらそういう発想が湧《わ》いてくるのか、子どもの思考回路は本当に恐ろしい。倦怠《けんたい》期《き》なんて言葉をどこで覚えてくるのだろう。意味をわかって使っているのだろうか。

「そんなわけないだろ。とにかく、浦原先生の心配はここまで。ほら、天辺《てっぺん》まで競争だ」

宏斗はジャングルジムに足をかけると、猿のようにするすると上った。子どもの頃は活発な少年だったので、こういう遊具は大得意だ。

「あ！　ズルイよ」

「出たよ、また大人のキタナイ手だ！」

一気に追い越された双子が、必死に短い手足を動かし追いかけるように上ってきた。

十分に遊んで公園を後にする。

せっかくなので、行きとは別の道を通ってスーパーに向かうことにした。のんびりと河原沿いを歩き、住宅地に入る。あれ、と思った。

「あ！　ここって、ウガトラ先生の家の近くだよ！」

「本当だ！　あの薬屋さん、見たことあるもん」

双子の言葉で、そうかと納得した。どうりで既視感を覚えたわけだ。町内をぐるりと一周するうちに、いつもとは違う反対側から浦原の自宅に近付いていたらしい。

牧場に出かけた行きと帰りに、ちょうどこの辺りを通ったのだ。その時に浦原が教えてくれた。

目印の薬局は個人経営なのだろう、薄汚れたプラスチック製の大きなカエルの人形が置いてあった。二人の記憶にはあの、かわいいかと訊かれたら首を傾《かし》げてしまうカエルの印象が強く残っていたようだ。

羽海がいいことを思いついたみたいに眼差《まなざ》しを煌《きらめ》かせた。

「ねえ、今からウガトラ先生に会いにいこうよ！」

「え？」

宏斗はさすがに躊躇《ちゅうちょ》した。

「何を言ってるんだよ。明日会えるんだから、今日はダメ」

「ええっ！　でも、こんなに近いんだよ？」

「ウガトラ先生がすぐそこにいるんだよ?」

「ねえ、ヒロくん?　行こうよ」

「ヒロくんってば」

両側から腕を引っ張られる。

「ダメ。先生は忙しいって言ってただろ?」

「きっと、先生の用事はもう終わってるよ」

「もしかしたら暇になって、ぼくたちに会いたいって思ってるかも!」

聞き分けのない双子にため息をついた。だが、宏斗も内心では子どもたちの意見にぐらつきそうになる。

「……おうちにいないかもしれないだろ」

「だったら、ヒロくんが電話してよ」

「先生がおうちにいるか確かめて!」

双子が駄々を捏《こ》ね始めた。こうなったら、宏斗が浦原に電話をかけるまでここから一歩も動かないつもりだろう。

ハアと嘆息する。宏斗は鞄《かばん》からスマートフォンを取り出した。それを見て、双子が勝利を確信したみたいにニッと小さな歯を見せて笑う。

画面を操作して耳に当てると、呼び出し音が聞こえてきた。

「……あ、こら！　どこ行くんだ。まだ電話がつながってないんだぞ」

双子がタッと走り出す。呼び出し音はまだ続いていて、宏斗はスマホを耳に押し当てながら子どもたちを追いかけた。

「ちゃんと止まりなさい。危ないだろ」

「わかってるー！」

「車はこないよ！」

彼らの記憶力に舌を巻く。一度通っただけなのに道順を正確に把握しており、二人を追いかけてブロック塀を曲がると、見覚えのあるアパートが現れた。落ち着いたグリーンの屋根の建物は、宏斗たちが暮らすおんぼろアパートよりも大分新しい。

電話はとうとう繋《つな》がらず、留守番電話サービスに接続されそうになって、慌てて切った。

「やっぱり、先生はいないみたいだぞ。電話に出ない」

「先生のお部屋は二階だったよね」

「201だって言ってた。一番端っこ」

「おい、お前ら。勝手に行くなよ」

双子はすでにコンクリート階段を上っている。急いで追いかけるが、空良は摑まえたものの、一歩先を行っていた羽海がジャンプしてドアチャイムを押してしまった。

ピンポーンと、ドアの向こう側で間延びした機械音が鳴る。

「ああ、もう！　何やってるんだよ。先生はいないって言ってるだろ」

焦って二人の腕を引き寄せたその時、ガチャッとドアレバーが下がる音がした。

ハッと顔を上げる。ドアが開き、中からぬっと顔を出したのは、浦原だった。

「あ……っ」

「……え？」

まさか三人がそこにいるとは予想外だったのだろう。いつもとは違う無精ひげの浮いた顔を覗《のぞ》かせた浦原は、ぎょっとしたように固まった。

「——ご、ごめん」

我に返った宏斗は立ち上がり、あたふたと言い訳をする。

「たまたま近くを通りかかったんだ。ほら、前にこの辺りを通った時に、家を教えてくれただろ？　あれを覚えてたみたいで、こいつらが急に先生に会いたいって言い出して。電話をかけたんだけど、つながらなくて、まさか家にいるとは思わなかったから……ごめん」

「……いや、別にいいんだが」

しかし、浦原は言葉とは反対に困ったような表情を滲ませた。視線が忙しく揺れて定まらない。

「先生、もう用事は終わったの？」

「ぼくたちね、先生に会いにきたんだよ。あのね」

二人が宏斗の手から逃れて、ドアを開けた。顔だけ見えていた浦原の全身が現れる。その恰好《かっこう》を見て、宏斗は戸惑った。部屋着とはいえ、短パンに上は裸にシャツを羽織っただけの状態だ。しかも、チャイムが鳴って慌てて引っ掛けたという感じで、ボタンも留まっていない。——何か、嫌な予感がした。

「先生、中に入ってもいい？」

「おひげがはえてる。先生、別の人みたい！」

キャッキャとはしゃいで脇をすり抜けようとした双子を、浦原が慌てて止めた。

「悪い、今その……ちょっと、立て込んでいて」

ちらっと気まずそうに室内に視線を向け、そして助けを求めるように宏斗を見やる。その瞬間、ピンときた。

「こら、二人とも！」

宏斗は急いで双子の腕を摑むとドアの外に引っ張り出した。

「先生は忙しいんだから、邪魔しちゃダメだ。帰るぞ」

「えー！」

「何で何で？　先生、忙しいの？」

問いかける子どもたちの眼差しに、浦原がうっと言葉を詰まらせる。

「忙しいんだよ。いきなりお邪魔したら迷惑だろ。先生を困らせたらダメだ」

代わりに宏斗がぴしゃりと言うと、双子が押し黙った。揃ってぐっと口を噤《つぐ》み、俯いてしまう。

「ごめん、浦原先生。気にしないでくれ。忙しいと知ってて勝手に来た俺たちが悪いんだから。それじゃ、お邪魔しました。行くぞ」

すっかり悄気《しょげ》てしまった彼らの手を引いて、足早にその場から立ち去った。しょんぼりと項垂れる二人を「ちゃんと歩きなさい」と叱って、階段を下りさせる。

アパートの駐車スペースを横切り往来まで戻ると、引き摺るように摑んでいた細い腕からゆっくりと力を抜いた。両手で頭を撫でて、ぽんぽんと小さな肩を叩《たた》く。

「先生には明日会えるだろ？　約束はきちんと守らないと。月曜日って、先生だって言ってたじゃないか。今日は日曜日で、まだ用事が終わってなかったんだよ」

言いながら、宏斗は自分までもがなぜかひどくショックを受けていることに気づいて戸惑った。

見てしまったのだ。

まるで部屋の中を自らの長軀で隠すみたいにドア口に立ちはだかった浦原の脇腹越しに、それが見えた。備え付けのシューズボックスの上に置いてあった、女性物の帽子。加えて浦原のあの狼狽《うろた》えよう。素肌の上に慌てて羽織っただけのシャツ。――今もあの部屋には、誰か別の人物がいるのではないか。おそらく、女性。

生々しい想像が頭を廻《めぐ》り、俄《にわか》に頰が熱くなった。

ここ最近、浦原の様子がおかしかったのは、彼女のせいなのかもしれない。

恋人だろうか——宏斗は考えて、小さく息を吐き出した。そんな話は聞いたことがない。そもそも自分が色恋とは縁遠い生活を送っているせいか、浦原の恋愛事情について気を回すこともなかった。いつも当たり前のように自分たちに付き合ってくれていたので、てっきり独り者だと思い込んでいたのだ。浦原だって二十七の健全な男だ。特定の恋人がいても何ら不思議なことではない。

彼女との関係はいつからだろう。最近だろうか、それとも宏斗たちと出会う以前から？

週末はあの部屋に泊まっていたのだろうか。もしかして、同棲しているのか。

最悪のタイミングで浦原の自宅を訪ねてしまったことを後悔する。彼の気まずそうな顔が脳裏に蘇《よみがえ》り、申し訳ないことをしたと悔やんだ。その一方で、どういうわけか胸が苦しくなる。誰かに背中から腕を突っ込まれて、心臓をぎゅっと鷲摑《わしづか》みにされたみたいだった。

まるで自分たちが浦原の家族か何かのように彼を図々しく連れ回していたことを、恥ずかしく思う。優しい浦原は、内心では三人のことを迷惑に思っていたのではないか——。

「……先生、怒ってるかな」

ぽつりと呟いた羽海の言葉で、瞬時に現実に引き戻された。

反対側から、やはりぽつりと元気のない声で空良が言う。

「ぼくたちのこと、嫌いになったかも」

「——そんなことないって」

宏斗は二人の肩を抱き寄せて、殊更《ことさら》明るい声を聞かせた。

「そんな心配をしなくても大丈夫だよ。浦原先生がお前たちのことを嫌いになるわけないだろ？　今日はタイミングが悪かっただけだ。それに、明日は約束通りにうちに遊びに来てくれるよ。指切りげんまんしただろ？　嘘ついたら針千本飲まされるんだぞ？」

まるで自分に言い聞かせるような言葉で彼らを元気づける。しかし、

「あんなのはただの歌だよ」

「本気で針を千本も飲む人はいないよ」

急に冷めたことを言い出す五歳児に、宏斗は何も言い返すことができなかった。

「と、とにかく。浦原先生はちゃんと約束を守ってくれるはずだから、元気出して……」

「宏斗先生！」

ハッと振り返った。

三人がとぼとぼと歩いて来た道を、なぜか浦原が追いかけてくるのが見える。

双子も気づき、振り返って立ち止まった。よほどびっくりしたのだろう、二人とも信じられないといったふうに目を丸くして、両側から宏斗の手を引っ張ってくる。宏斗もぽかんとする。

「ヒロくん、先生だよ」

「……うん」

「先生が走ってくるよ」

「……うん」

「ひ、宏斗先生……っ」

全力疾走であっという間に目の前までやってきた浦原が、激しく肩を上下させて呼吸を整える。裸に羽織ったシャツのボタンは、上二つを残してきちんと留まっていた。短パンにサンダルを引っ掛けただけで、髪はボサボサ、髭《ひげ》を当たってもいない。改めてみると普段の彼とはまったく違っただらしない恰好だ。

「だっ」宏斗は困惑した。「大丈夫か？　どうしたんだよ、急に」

「いや……何か、おかしな誤解をさせてしまったみたいだから」

「誤解？」

一瞬、脳裏にシューズボックスの上に置いてあった帽子が蘇った。

心当たりはあったが、彼からどんな言い訳が返ってくるのかわからず、とぼけるしかなかった。

浦原が言葉を探すように視線を揺らめかせる。その間に、短かった呼吸の間隔が徐々に長くなっていく。宏斗は落ち着くまで待つつもりだった。

しかし、目を輝かせた双子がフライング気味に「先生！」と浦原に飛びつこうとする。

「――近寄らないでくれ」

ぎょっとした浦原が珍しくきつい口調で双子の動きを手で制した。彼らはビクッと小さな体を震わせて、その場に立ち止まる。叱られた時のように眉間にきゅっと力を入れて唇をきつく噛み締めた。宏斗は異変を感じて、思わず浦原を凝視する。何もそんなふうに言うことはないだろう。

今にも泣きそうな気持ちを必死に堪《こら》えるみたいに、双子が声を震わせて訊ねた。

「……先生、怒ってる？」

「ぼくたち、悪いことした？」

「いや、そうじゃない。違うんだ」

浦原がハッと我に返って焦りだす。

「何も怒ってないし、二人も何も悪くない。ただ、先生はその……昨日から、お風呂に入っていないんだ」

「え？」

双子の声に、宏斗の声までが綺麗《きれい》に重なった。

浦原がバツの悪そうな顔をして説明する。

「夜通しで作業をしていて、部屋の中もすごく汚い。いろいろと危ないものも置いてあって、子どもが入ったら危ないんだ。先生もちょっと、臭《にお》うかもしれないしな。だから、あそこのお店で少し待っていてくれないか？」

そう言って指差した方角に、小さな看板が見えた。緑色に白抜きで『すずらん』と書いてある。住宅街に溶け込むようにして角にこぢんまりと建っているそこは、喫茶店のようだ。

「あの店のマスターは、先生の友達なんだ。だから、おいしいケーキとジュースをご馳走するように言っておくから」

「ケーキ！」

「ジュース！」

現金な子どもたちの頭を撫でて、浦原がようやくホッとしたような表情を浮かべた。そうして、宏斗と視線を合わせる。

「悪かった。せっかく来てくれたのに、追い返すような恰好になってしまって」

「いや」宏斗は慌てて首を横に振った。「俺たちの方こそ、何も連絡せずに突然チャイムを鳴らしちゃったから。驚かせてごめんな」

「着信が残ってることに、さっき気づいたんだ。とりあえず、俺は一度戻って用を済ませてからすぐにそっちに向かう。あと少しで終わるから、店で待っていてくれないか」

「ああ、うん。わかった」

頷《うなず》くと、浦原が微《かす》かに笑った。「それじゃ、あとで」と、踵を返す。

「そんなに急がなくても大丈夫だから。俺たちも何か用があるわけじゃないし。それに、さっきまで公園で遊んでいたから、ちょうど喉《のど》が渇いてたんだ。お言葉に甘えてジュースとケーキをご馳走になってるよ」

「先生、待ってるからねー！」

「ゆっくりでも大丈夫だよー！」

元気を取り戻した双子が手を振り、浦原も嬉《うれ》しそうに振り返す。

よかった、いつもの浦原だ——宏斗は内心ホッと安堵《あんど》した。ほぼ半裸状態で現れた疑わしい恰好も、何らかの作業に没頭している最中に暑かったから脱いだ、という理由を聞けば納得だ。危険なものが散らばっている部屋には子どもを入れたくなかったと説明したところは、浦原らしくてかえって安心した。

胸を衝《つ》くような痛みが消えて、どこかすっきりしている自分に気づく。

「じゃあ、俺たちはあのお店に行って待ってようか」

「うん！」

声を揃えた二人と手をつなぎ、看板の見えている店へ向かう。宏斗までもが子どもたちと一緒になって心を弾ませていることに、我ながら少々戸惑いを覚えた。

喫茶『すずらん』のドアを開けると、涼やかなカウベルの音色と共に「いらっしゃいませ」と、落ち着いた男性の声に迎えられた。

「こんにちは……」

店内は昔ながらのレトロな喫茶店の雰囲気だ。懐かしさを覚えながら、遠慮がちに足を踏み入れる。宏斗の陰に隠れた双子は、初めて訪れる店に少し緊張しているようだった。

「いらっしゃい。えっと、小玉《こだま》さんですよね？」

カウンターを迂回《うかい》して、男性が出てくる。彼がここのマスターだろう。店の裏には見覚えのあるミニバンが止めてあり、浦原が運転していたそれだった。宏斗たちも何度か乗せてもらったので、双子もすぐに気がついた。浦原が車をシェアしている友人というのが、この彼に違いない。

「はい」

宏斗が頷くと、彼がにっこりと微笑んだ。

「伊澄《いすみ》から話は聞いてます。どうぞどうぞ。ちょうど客もいないんで、ゆっくりしてって下さい。そっちの二人が羽海くんと空良くんか」

「え、この子たちの名前までご存知なんですか？」

「知ってますよ。ちなみに小玉さんは宏斗さんですよね。宏斗くんでいいのかな？　俺もタメだから。鈴本蘭丸《すずもとらんまる》といいます。店名は俺の名前を略した感じで」

「ああ、それですずらん」

「そうそう。本名と違って、略すとえらくかわいい感じになっちゃうんだけどねえ」

鈴本がケラケラと明るく笑う。浦原と同じような背恰好だが、顔つきは正反対だ。少し目尻が垂れ気味で全体的に優しげな印象を受ける。黒々と張りのある浦原の毛髪と違って、柔らかな蜂蜜色の髪をしているから余計にそう思うのかもしれない。日本人には合わない髪色だが、整った甘めの顔立ちをしている彼にはそれがよく似合っていた。宏斗と比べて長身に変わりないのに、目の前に立たれても浦原に感じた時ほど圧迫感がない。スズランの花のようにかわいらしいというわけではないが、綺麗な花のイメージを与えられても不自然には思わなかった。女好きのする王子様顔だ。

鈴本がひょいと長身をかがめて、宏斗の両脇にくっついている双子を見つめて言った。

「んー、こっちが羽海くんで、こっちが空良くんだ」

「！」

あっさりと見分けられて、二人が目を白黒させる。一卵性双生児の彼らはやはり似ているので、初対面の相手だと見分けがつかないのが普通だ。

「すごい！」

「何でわかったの！」

「お兄さんはね、ウガトラ先生の友達だからね。そういうのも全部見抜いちゃうんだよ」

自慢げに言ってみせる鈴本を、単純な双子は眼差しを煌かせて見つめている。

「さて。三人にはおいしいケーキとジュースをご馳走しよう。どこがいいかな、あっちのテーブル席がいい？　カウンターでもいいけど」

「こっち！」と、羽海と空良が揃ってカウンター席を指差した。

「よし、じゃあこっちに座って。ケーキは三種類あるんだよ。どれがいいかな」

二人を手馴れた様子で椅子に座らせて、メニューを見せてくれる。

宏斗も腰を下ろし、立っていた鈴本にこっそり訊ねた。

「さっき、あいつらの名前を当てたのって、勘？」

「いや、ちゃんとした根拠があるよ」

鈴本が悪戯《いたずら》っぽく笑って言った。

「左耳朶《みみたぶ》にホクロがある方が羽海くんで、右の首筋にホクロがあるのが空良くんでしょ？」

二人の特徴を言い当ててびっくりする。

「何でそこまで知ってるんだ？」

「そりゃ、あいつに散々聞かされているからね」

「あいつって――浦原先生？」

「そう」鈴本がニヤリと笑う。「二人の出会いから再会の話も、全部知ってるよ」

「えっ、そうなのか？」

「だから、三人とも初対面だけど初めて会った気がしないんだよなあ。あいつは毎日家に帰る前にここに寄って、ちょうど今宏斗くんが座ってる席に座っててさ、今日の小玉家報告を語り始めるのよ。まるで自分の子どもと奥さんを自慢するみたいにニヤニヤ話して、鬱陶《うっとう》しいったらありゃしない」

奥さん？　その単語に妙に引っかかりを覚えて、宏斗は内心狼狽えた。双子の注文を聞いて、鈴本が手際よくケーキとジュースを準備する。歓声をあげて、二人はさっそく食べ始めた。宏斗の前にもチーズケーキとブレンドコーヒーが置かれる。

「ありがとう。いただきます」

「どうぞ」と鈴本が微笑み、自分もスツールに腰を下ろして一旦途切れた話を再び戻した。

「まあ、それくらい宏斗くんとちびっこくんたちのことを大事にしてるってことかな。本当に毎日楽しそうだから。宏斗くんもあいつの家庭環境を聞いてるだろうけど、伊澄は家族っていうものに憧れてるところがあるし」

思わずフォークを持った手を止めた。鈴本の浦原に対する呼び方に、彼らの付き合いの深さを感じる。込み入った話もできる間柄なのだろう。

「……鈴本くんと浦原先生は昔からの知り合いなの？」

「中学の頃に知り合って、高校は同じ学校に通ってたよ。あいつは中退だけど想像以上に長い付き合いだ。

「浦原先生は、うちの子たちともすごく仲良くしてくれて、こっちとしては本当にありがたいんだけど。やっぱり自分の家族が欲しいなら、結婚とか考えてたりするのかな？　そういう人が、もういるとか……？」

ちらっと隣を窺《うかが》うと、鈴本が頬杖《ほおづえ》をつきながら首を傾げた。

「いや、いないと思うけど。最近、あいつの話に出てくるのはもっぱら宏斗くんと双子くんたちだし。女っ気ないな」

「………」

鈴本の答えに、どういうわけか宏斗の胸が高鳴った。ケーキに夢中になっている双子の声が、一瞬フィルターが掛かったように遠くなり、代わりに自分の心臓の音が妙に大きく聞こえる。ふわっと体温が僅《わず》かに上がって、胸の底からどこか優越感にも似たような感情が込み上げてくる。

しかし鈴本の次の言葉に、急に夢から目が覚めたような心地になった。

「まあ、あいつも女に関してはいろいろあったからな」

「え？」

思わず訊き返すと、鈴本が同情するような眼差しを窓の外に向けた。

「あいつ保育士の前はベビーシッターをやってたんだけど、その時に担当していた子どもの母親に妙に気に入られちゃってさ。ちょっと揉《も》めたんだよね」

初耳だった。半年ほど前のことだ。浦原がベビーシッターの担当を引き受けた当初は、子どもの母親とも良好な関係を築けていたが、次第に母親の方が彼に好意を持つようになったという。個人的な呼び出しが増え、子どもをダシにして浦原と会いたがる言動が目に余るようになった。我が子をぞんざいに扱う母親の態度にとうとう我慢できなくなった浦原は、きつく断ったそうだ。それが癇《かん》に障った彼女は会社に苦情を申し入れ、あることないことを話し、浦原を散々悪者にしたあげくベビーシッターの変更を要求したのだ。

「……何だよ、それ。酷《ひど》い話だな」

宏斗は思わずフォークを握り締めていた。

「当の本人は自分がどう言われようと平然としていたみたいだけどね。まあ、社長さんもどっちが嘘をついているのかは見抜いていたはずだし、母親の方も多少は後ろめたかったらしくて、結局、シッター交代で話はついたらしい。あの一件であいつが一番こたえたのは、自分に懐いていた子どもとの約束を守れなかったことだろうな」

「約束？」

「自転車に乗る練習に付き合う約束をしてたらしいよ。絶対に乗れるようにしてやるって指切りまでしたのにできなくなったって、随分と落ち込んでた。大人の勝手な都合で子どもを振り回して申し訳ないってさ。ほら、ああ見えて根はクソ真面目《まじめ》だから」

そんなことがあったのか——宏斗は、浦原の少し前の過去を知って同情した。ふと思う。

羽海と空良とも、浦原は指切りをしていた。

――大丈夫だ。約束は絶対に守る。

あの時の浦原の言葉が蘇る。やけにきっぱり言い切るなと思ったが、そういう事情が関係していたのかも知れない。純真な子どもとの大事な約束を、一方的に反故《ほご》にしてしまった過去を踏まえて、今度こそは絶対にという強い気持ちがあったのだろう。

「それからしばらく、あいつはベビーシッターの仕事を控えてた。ちょうどその頃におたくの園長さんにスカウトされたんだよ。迷ってたみたいだったけど、俺は転職して正解だったと思うね」

鈴本がまるで自分のことのように嬉しそうに笑った。

「保育士さんになって、あいつは毎日が楽しそうだ。特に、宏斗くんたちと出会ってからはいろんな初体験をさせてもらってるって喜んでたよ。うさぎに取り囲まれたり、手巻き寿司を作って食べたりしたんだって？　ちょっと前まではウジウジ落ち込んでたから、それと比べたらまだノロケ話の方がマシかな」

彼の冗談だとわかっていても、宏斗は不覚にもドキッと胸を高鳴らせてしまった。先ほどからどういうわけか、ある一定の言葉に過剰反応してしまう。意味もわからず鼓動を撥《は》ね上げる自分に内心で首を捻《ひね》る。

「こっちも、浦原先生のような熱心な人が保育園に来てくれて助かってる。園でもすごく人気者なんだ」

「あんな顔して子どもが大好きだからなあ。昔話にさ、人間と仲良くしたいんだけど、怖がられてみんなから嫌われる鬼の話があるだろ？　俺、どうしてもあの話を思い出しちゃうんだよねえ。あいつも子どもに近付くと、怖がられて大泣きされるからさ。一度懐いちゃえば、あとはもう子どもの方がメロメロなんだけどねえ」

宏斗もああと頷いた。赤鬼と青鬼の有名な童話だ。話の続きは、赤鬼が人間に受け入れてもらえるように、青鬼が自ら悪役を買って出るのだ。青鬼を恐れる人間たちの前に、赤鬼が正義の味方として現れる。結果として、赤鬼は人間に受け入れられて仲良くなれた。しかし悪者の青鬼は忌み嫌われ、彼は赤鬼が人間たちに自分と友人だと知られてはいけないと、一人こっそりと山から出て行ってしまうのだ。大人が読んでも泣けてくる話だ。

浦原もつくし組の教室に初めて足を踏み入れた時には、手が付けられないくらい子どもたちに泣かれた。ピンチを救ったのは羽海と空良だ。こちらのお話は、童話のように悲しい結末ではなく、みんなが仲良くなる微笑ましいものだった。現在進行形で、子どもたちは浦原のことが大好きだ。

「これからも思う存分、あいつを巻き込んでやってちょうだいよ。宏斗くんとのお料理教室も何気に楽しそうだしね」

「え？　そ、そんなことまで話してるんだ？　なかなか上手くならなくて怒らせてばっかりだけど。スパルタだし」

「そうなの？　けど、宏斗くんのこと尊敬してるって言ってたよ。子どもたちのために毎日一生懸命頑張ってるって。自分にできることがあれば力になりたいみたいなことも言ってたな。料理の腕は確かだからね、いろいろ習ったらいいよ。ちなみに、うちのメニューの一部はあいつのレシピだから」

「へ、へえ……そうなんだ」

宏斗は曖昧《あいまい》に相槌《あいづち》を打つ。鈴本伝いに浦原の本音を聞かされて、頬が熱くなるのが自分でもわかった。宏斗の知らないところでそんなふうに言ってくれていたのかと思うと、嬉しさが込み上げてくる。

カッカと火照《ほて》りだす肌をどう抑えようかと焦っていたちょうどその時、唐突に双子が叫んだ。

「あーっ、あんなところにケーキが置いてある！」

「あーっ、あっちにも！」

ケーキを食べ終えた二人が、スツールから下りて走り出した。羽海はレジカウンターへ、空良は飴色の古い木枠の窓辺へ、珍しくバラバラだ。

そこに置いてあったカラフルなケーキを同時に摑み、

「あっ、ケーキじゃない！」

「だまされた！」

揃って地団太を踏む。

「チビッコたち、それは食べられないぞ。フェルトで作ったニセモノだから」

鈴本がふふんと意地悪く笑った。

よく見ると、レトロな店内にはところどころに双子が手に持っているようなかわいらしい小物が置いてある。店の雰囲気とフェルト細工のバランスが妙にちぐはぐで、気づいてしまうと結構な違和感があった。

子どもたちは店のあちこちに置かれたニセモノのケーキやらキャンディやらを見つけるのに夢中だ。

宏斗も立ち上がり、新聞が立ててあるラックに置かれたケーキをまじまじと見つめた。黄色いマロンクリームがのったモンブラン。一見本物と見紛うほど細部にまでこだわって作ってある。

「へえ、これがフェルト？　よくできてるもんだな」

感嘆のため息を零《こぼ》すと、鈴本が「でしょ？」と何か含みのある言い方で訊いてきた。

「それ全部、誰が作ったと思う？」

「え？」

宏斗は思わず訊き返した。わざわざ誰がと問うくらいだから、宏斗が知っている人物なのだろう。その瞬間、ピンときた。まさかと思う。

「……もしかして、浦原先生？」

「ピンポーン」

鈴本が軽やかな声を聞かせたそこへ、店のドアが開いてカウベルが鳴り響く。

「悪い、遅くなった」

軽く息を切らせて浦原が入って来た。

「ウガトラ先生！」

「先生、待ってたよ！」

双子が嬉々として浦原に駆け寄っていく。鈴本から話を聞いたせいかもしれない。しゃがんで二人を抱きとめている浦原は、いつにも増して幸せそうで優しい目をしているように見えた。

「先生、石鹸《せっけん》の匂いがするね」

「急いでお風呂にはいったんだ」

「あ！　おひげがない。じょりじょりしたかったのに」

「そうだったのか？　ひげは嫌われるかと思ったんだが」

「ヒロくんはあまりおひげがはえないんだよ」

「パパ、おひげいたーい！　っていうの、ぼくたちもやってみたい」

「……わかった。今度の日曜は剃《そ》らないように気をつける」

仲睦《なかむつ》まじい三人の様子を微笑ましく眺めながら、鈴本が「ヒゲはえないんだ？」と揶揄《からか》うように訊いてきた。

「それなりにはえるよ。そこまで濃くないだけで」

「ふうん。なんだかああやってると、本当にあいつの子どもみたいだなあ。いいパパの顔してないか？　鬼みたいな強面《こわもて》のくせに」

くすくすとおかしそうに笑う。宏斗もつられて笑ってしまった。久々に双子が全力ではしゃいでいるのを見た気がする。もう小玉家にとって、浦原はなくてはならない存在になってしまったのだと、改めて実感した。

「実はさ、このフェルト細工はあいつの副業なんだよね」

鈴本が潜めた声で耳打ちしてくる。「最初は、ストレス発散や精神統一目的でチクチクやってたみたいだけど。あまりにも上手《うま》くできてるから、うちの店のインテリアとして飾ってたんだよ。そしたら意外にお客さんの評判がよくて、今では個別に注文が入るほどでさ。ここ最近、宏斗くんたちのお宅にお邪魔してなかったでしょ？　その裏には副業が忙しかったって理由がある。ここで針をチクチクさせながら、チビッコたちを抱きしめてぐりぐり頬擦りしたいだとか、宏斗くんの手料理が食いたいだとか怪しいことをブツブツ呟いてたからね」

「……そういうことだったのか」

カウンターでこそこそ話していた二人に気づき、浦原が双子を引き連れてやってきた。

「ごめん、待たせてしまって」

宏斗はいやと首を横に振る。

「もう用事は済んだのか？　俺たちは鈴本さんにいろいろとご馳走してもらっちゃって。おいしかったです。ごちそうさまでした」

鈴本が「いえいえ、お粗末さまです」と微笑んだ。その途端、鈴本と宏斗の間を割るように浦原が太い腕を突き出してくる。

「ほら、今日引き取りに来る客の分だ」

むすっとした浦原が持っていた紙袋を鈴本に渡した。

「おお、お疲れさん。いつもながら、いい仕事するよねえ」

受け取った鈴本は、確認するように中身を取り出し次々とカウンターに並べ始める。手のひら大の透明なプラスチックケース。中には例のかわいらしいフェルトケーキがそれぞれ収まっている。シューズボックスの上に見かけた帽子まであって、よく見るとフェルトの花飾りが縫い付けてあった。

浦原がぎょっとして慌てて止めに入った。

「おい、バカ。ここで出すな」

「別にいいじゃん。もう宏斗くんは全部知ってるよ」

「え？」

浦原が宏斗を振り返った。こういう時、どういう反応をしていいのか困る。宏斗は曖昧に笑って頷いた。

「それならそうだって、隠さなくてもちゃんと話してくれればよかったのに」

変な誤解をしてしまった自分が恥ずかしい。最初から話してくれていれば、女性の影を疑ったり、下世話な想像をめぐらせることもなかったのだ。

「いや、まあ、そうなんだが……さすがにこのナリでこんなものをちまちまと作ってると知られたら、引かれるような気がして」

浦原のしどろもどろの言い訳に、宏斗より先に鈴本がブッと吹き出した。宏斗もそんな理由でこそこそ隠していたのかと啞然《あぜん》となる。

「そんなわけないだろ。むしろ、こんなクオリティの高いフェルト細工を作れるなんて、すごいとしか思わないんだけど。どれだけ器用なんだよ」

「そんなに難しいものではないんだ」

浦原が真顔で謙遜する。

「いやいや、俺にこれを作れって言われても無理。料理ができて、ミシンも扱えるのにはびっくりさせられたけど、今日のこれが一番衝撃的かも。浦原先生って、本当にいろんな顔を持ってるんだな。まだ隠している特技があったりして」

冗談めかして訊ねると、浦原が難しそうな顔をして口籠《くちごも》ってしまった。どうやらまだ何かありそうだ。そのうち見せてくれるかなと期待に胸を膨らませる。

「でも、何が商売になるかわかんないよな。こういうかわいいものって女の子とか、子どもも好きそう」

「そうなんだよ。孫にプレゼントしたいって言ってくれる年輩のお客さんも多いんだよ」

鈴本がそう言った時、店内をうろうろとしていた双子が戻ってきて叫んだ。

「先生！　これ全部、先生が作ったの？」

大人の話を聞いてピンときたのだろう。二人の腕には掻《か》き集めた店中のフェルト細工が抱えられている。

「……まあ、うん。そうだな」

照れ臭そうに答える浦原を、首を限界まで反らして見上げる彼らの眼差しはきらきらと輝いていた。

「すごい！」

「ぼくたち、これ本物だと思ったんだよ！」

「食べちゃいそうになったもんね」

「でもふにゃんてしたから、だまされたって思った」

「そうか。ごめんな」

「ううん、先生はすごいんだよ！　だからぼくたちにもこれ作って」

「……ケーキが欲しいのか？」

「んー、えっとね、えっとね、ぼくはギョーザがいい！」

「ぼくはタコヤキ！」

食べ物のチョイスが男の子らしくて、戸惑う浦原をよそに宏斗と鈴本は大笑いした。

「ねえ、ギョーザは作れる？」

「タコヤキは？」

「作れないことはないが、ちょっと構想を練るからもうしばらく日にちをくれるか？」

「いいよ、待ってるからぼくたち！」

双子がピョンピョン飛び跳ねる。

餃子で思い出した。

「浦原先生、今日の仕事はもう終わったのか？」

「ああ」振り返った浦原が頷いた。「一応、これで一段落ついた」

「だったら、これからうちに来て、一緒にゴハンを食べないか？　餃子を作ろうと思ってるんだけど」

「そうだった、ヒロくん！」

「ギョーザパーティーだね！」

本当は来週のはずだったが、思いがけず浦原が摑まったので一週間繰り上げだ。

「こいつら、先生がなかなか来ないからずっと悄気てたんだ。なあ？」

双子の頭を撫でると、まるで示し合わせたみたいに「そうだよ、先生」「ぼくたちさみしかったよ」と口々に言い出す。

浦原が嬉しそうに相好を崩した。

「そういえば、一緒に餃子を作る約束をしてたな。俺もパーティーに混ぜてくれるか？」

パアッと笑顔になる子どもたちを両腕で豪快に抱き上げる。キャッキャとはしゃぐ二人と幸せそうな浦原を眺めながら、宏斗も高揚する気持ちを懸命に抑え込んだ。双子が悄気ていたと言ったが、宏斗だって同じだ。浦原に恋人がいなくてホッとした。新たな一面を知って感心した。また一緒に食卓を囲む様子を想像すれば、胸が弾む。

その一方で、ふと考える。こういうのも子どもをダシに使うと言うのだろうか？

しかしすぐさま自らの思考を否定した。鼓動が俄に激しくなり、酷く動揺しているのがわかる。俺は一体何を考えているのだろう。

それではまるで、件《くだん》の母親のように宏斗が浦原に好意を寄せているみたいではないか——。

7

十月も中旬に差し掛かり、今月もまた月に一度のお弁当の日が近付いてきた。

先月のような失敗は二度と繰り返さない。

そう心に決めたから、浦原の料理指導を受けてきたのだ。自信はある。今度こそ、双子に大喜びしてもらえるような弁当を作ってやる。

休日のその日は浦原に付き合ってもらい、宏斗は大型ショッピングモールへ出かけた。最近はさまざまなお弁当グッズが出回っていると聞いて、二人で売り場を物色したのだ。初めて目にする進化した便利グッズの数々に、ついつい目的も忘れて楽しんでしまった。

「よし、買い物も済ませたことだし、さっそく家に帰って特訓しよう」

浦原が運転するミニバンの助手席に座って、気を引き締める。浦原が声もなく笑った。

「張り切ってるな」

「当たり前だろ。あいつらと約束したんだから」

羽海と空良は昼ごはんを食べた後、『すずらん』へ遊びに行った。先日、鈴本がメガレールマニアだと知り、店の奥にある彼の秘密部屋を見せてもらったのだ。メガレールとは、自由にレールを組み合わせて列車模型を走らせるオモチャだ。宏斗も子どもの頃に夢中で遊んだ記憶がある。大人のファンも多いと聞くが、鈴本のそれは度を越していた。部屋一帯が巨大なジオラマのようになっており、それを見た双子の興奮ぶりはすごかった。さっそく鈴本の家に遊びに行く約束を取り付けて、今日はウキウキ気分で出かけていったのである。

おかげで、じっくりとお弁当の予行練習に取り組むことができるというものだ。

浦原とお弁当のメニューを決めて、一つずつ調理していく。

甘いふかふかの卵焼き、クマさんのミニハンバーグ。おにぎりは今日買った便利グッズを使って、海苔《のり》を目や口の形に刳《く》り貫《ぬ》き、ペタペタと貼り付ける。ウインナーもカニやタコ形しか知らなかったが、切れ込みの入れ方次第で様々な動植物が作れることを教わった。

「こうやって、切り込みを尻に十字に入れてそこから半分ぐらい野菜の皮を剝《む》くように切り込みを入れるんだ。それを炒めると……」

「うわっ、バナナになった！」

薄く削《そ》いだウインナーの皮がくるんと反り返って、バナナの皮を剝いたような形になる。

「こうやると、花だ。あと、長めのウインナーはこんなふうに切り込みを入れて、炒めた後ぐるっと輪っかにするんだ。真ん中に輪切りのウインナーをはめ込む。そこに胡麻《ごま》や海苔で目と鼻を作ると……」

「ライオン！」

子どものように声を上げてしまう。くるくるした立派な鬣《たてがみ》に愛嬌のある顔をしたライオンは、お弁当を開けた途端、パッと目に入るインパクトだ。

「これ、あいつらが喜びそうだな」

「あと、パーツを組み合わせてカタツムリもできるぞ。輪切りのウインナーの周りに薄焼き卵に切り込みを入れて巻きつけるとヒマワリになる。他には、シメジとミニウインナーでドングリとかな。これもかわいくないか？」

「うわっ、いいなこれ！」

爪楊枝を刺したドングリウインナーを摘まんで、宏斗は興味津々に眺める。甘く煮たニンジンを葉っぱ形に刳り貫いて一緒に詰めれば、これだけで一気に秋のお弁当だ。ちょっとしたアイデアで、こんなにもお弁当の中身が華やかになることに感動すら覚える。ただ炒めただけの素っ気ないウインナーも宏斗は好きだが、やはり子どもにとってはこの一手間が大事なのだ。

「うずらの卵も顔を作ったらヒヨコとか鶏とか。スライスハムをくるっと巻くだけで薔薇《ばら》になる。ウインナーの飾り切りはキャラ弁の定番だな」

「そういえば、つくし組の子たちのお弁当もこういう凝ったのを時々見かけるな。お母さんたち、朝から大変だなって思ってたんだけど」

「子どもは見た目が違うだけで食欲も変わってくるからな。あまり食べない子だと、こういう視覚の工夫も大切だ。どうやったら子どもが食べてくれるか、いろいろと考えて作ってるんだろうな」

「そっか。そうだよな」

宏斗の方が保育士歴は長いのに、浦原に教わることがたくさんある。

浦原も以前はベビーシッター先で、子どもたちにごはんを食べさせる工夫を毎回試行錯誤していたのかもしれない。時には、母親の相談にのったり、アドバイスをしたりもしていたのだろうか。今みたいに、一緒に料理を作ったり……？

胸の辺りにチクッと刺すような痛みを覚えて、宏斗は思わず息を呑《の》んだ。

僅かに嫉妬めいたような感情が込み上げてきたことに我ながら驚く。嫉妬とは一体どういうことだろう。戸惑いつつも、浦原と若い母親が一緒にキッチンに立っている様子を想像しただけで何だかムカムカする。咄嗟《とっさ》に胸元を摑んで、ゆっくりと深呼吸をした。

「どうした？」

浦原が心配そうに訊ねてきた。

「え？　あ、いや――何でもない」

慌てて首を振る宏斗を見て、浦原が怪訝《けげん》そうに「そうか？」と首を傾げる。

「次はりんごの飾り切りもやってみるか。うさぎが作れないと言っていただろ」

「ああ、うん。頼む」

浦原が微笑んで、包丁を手に取った。大きな手だ。それなのに、まるで包丁が自分の一部にでもなったかのように器用に操っている様子はさすがだった。

ちらっと横顔を盗み見る。刃物を扱っているので真剣な表情。間近で見ると、鋭角的な頰のラインもすっと高い鼻も、顎《あご》から喉元までの逞《たくま》しい隆起も、すべてがいい意味で男臭くてかっこいい。第一印象に好感を持つ鈴本と違って、浦原にはじわじわとくる遅効性の魅力がある。

初対面では思わずギョッと警戒してしまう強面も、慣れれば味になり、更に彼の人柄を知れば好意を抱く女性も少なくない気がした。

たぶん、彼はモテる。宏斗が知る彼の好さにとっくに気づいて、どうにか近付きたいと行動を起こした女性もいるはずだ。件の母親みたいに——。

「おい、本当に大丈夫か？」

浦原の声で、ハッと現実に引き戻された。

「さっきからぼうっとしてるぞ。疲れたなら少し休憩しよう。包丁を持ったままぼんやりすると危険だ」

「あ、ご、ごめん。大丈夫だから」

八つ切りにしたりんごを手に取ろうとして、つるんと滑った。りんごがまな板の上で跳ねてシンクに落ちかけたところを、浦原が寸前でキャッチする。

「……何か考え事か？」

浦原が静かに訊いてきた。宏斗は僅かに躊躇《ためら》ったのち、答える。

「考え事っていうか……ごめん。この前、鈴本くんから浦原先生が転職するきっかけになった事件の話を聞いたんだ。それをちょっと、思い出して」

一瞬、軽く目を瞠《みは》った浦原が、「ああ」と頷いた。

「大人の都合で何の罪もない子どもを振り回したことは、今でも後悔している。あの子には二度と会うこともないと思っていたんだが、その後に偶然、街中で一度鉢合わせたことがあったんだ」

ショッピングセンターを歩いていたら、前方から見覚えのある親子が歩いてきた。男の子はすぐに浦原に気づいたそうだ。しかし、母親が物凄《ものすご》い形相をして子どもを抱えて去って行ったという。

「旦那も一緒だったから、あの場合は仕方ない。だけど、あの子が大声で泣き叫んで俺の名前を呼んだんだ。それに答えてやれなかったことが本当に悔しい」

「……そっか」

「あのことがあって、しばらく子ども相手の仕事から距離を置くつもりだった。子どもに対する距離感と保護者に対する距離感がよくわからなくなって、どうしたらいいのか悩んでいたんだ。そんな時に保育園に誘ってもらって、心機一転してもう一度頑張ってみようと思ったんだよ。同じ男性保育士さんもいると聞いていたから、楽しみにもしていたんだ」

浦原と目が合い、宏斗はドキッと胸をざわつかせる。

「――なっ、何か、期待はずれだったらごめんな」

思わずそんなことを口走ってしまう。しかし、浦原ははっきりと首を振った。

「宏斗先生は尊敬できる保育士だ。羽海も空良もとてもいい子だし、俺は小玉家の三人が大好きだ」

最後の言葉に、宏斗はなぜか過剰反応してしまう。カアッと首から熱が上ってくるのがわかった。

「そ、そっか。俺たちってほら、変に遠慮がないから、もしかしたら浦原先生が迷惑しているんじゃないかと心配してたんだ。トラブルがあったお母さんじゃないけど、俺も図々しく料理を教えてもらってるだろ？　こういうのも見ようによっては、子どもをダシにしてると思われても仕方ないのかなって、考えたりもして……」

「宏斗先生とあの人とはまったく違う」

浦原がきっぱりと言った。

「むしろ、宏斗先生は全部一人で頑張りすぎているようで、たまには息抜きも必要なんじゃないかと心配になる」

「息抜きならさせてもらってるよ。浦原先生が一緒にいてくれると、俺も精神的に余裕ができるから。四人で遊びに行くのも楽しいし」

「俺の方こそ、家族同然に受け入れてくれて毎日が本当に楽しいんだ。感謝こそしてるが、迷惑だなんて思ったことは一度もない。できることなら、俺はもっと……」

浦原が唐突に声を途切れさせた。沈黙が落ちた二人の間に、何か別の空気が流れ込む。見つめ合ったまま、互いに視線を逸《そ》らすことができない。

カッと指が当たって、ステンレス台の上に置いてあった洗ったばかりのフライ返しが床に落ちた。

「あっ」

ふっと密な空気が薄れ、即座に我に返る。宏斗は慌ててその場にしゃがんだ。

ほぼ同時に浦原も膝を折り、フライ返しを拾おうとした手が重なり合う。

ハッと頭を上げると、すぐ目の前に浦原の顔があった。

あまりの至近距離に心臓がバクバクと聞いたこともないような音を鳴らし始める。逸らそうと思えばそうできるのに、なぜかお互いの瞳に惹きつけられるようにして、じっと見つめ合う。言葉もない。だが、どういう状況かは不思議と理解できた。

空気が一瞬にして濃密なものに変化する。

「――……っ」

ふいに浦原が動いた。ゆっくりと彼の顔が迫ってくる。宏斗も堪《たま》らず目を瞑《つぶ》る。

ガチャッと玄関ドアが鳴ったのは、その時だった。

「たっだいまー！」

ビクッとする。静電気に弾《はじ》かれるかのようにして、宏斗と浦原は瞬時に離れた。

「あれ？　ヒロくんは？」

「ウガトラ先生もいなーい」

玄関で靴を脱ぐ双子の声が聞こえた直後、頭上にさっと影が差した。

「おいおい。そんなところに二人して座り込んで、なーにやってたんだ？」

ギクリとして見上げると、長身の鈴本が三和土《たたき》から伸び上がるようにして、古い調理台の陰にいた二人を覗き込んでいた。双子を送り届けてくれたのだ。彼はニヤニヤと人の悪い笑みを浮かべて、茫然《ぼうぜん》とする宏斗と浦原を眺めている。

「ちがっ」宏斗は焦った。「違うって、フライ返しが落ちたから、拾おうとしただけだよ！」

「ふうん。フライ返しねえ」と、鈴本が疑わしげな眼差しをむけてくる。

「あっ、ヒロくんと先生！」

「こんなとこにいた！」

靴を脱いで上がった双子が、床にしゃがみ込んでいる二人を見つけて飛びかかってきた。

「ねえねえ、お弁当の練習できた？」

「うん、バッチリだぞ」

「ホント！」

「クマさんハンバーグ入れてくれる？」

「任せろ。今度のお弁当は楽しみにしてろよ。絶対に驚かせてやるからな」

「ヒロくん、大好き！」

「期待してるからね！」

前後から双子に挟まれて、宏斗は押し潰《つぶ》されそうになりながら、心のどこかでホッとしていた。まだ胸の高鳴りが収まらない。ついさっきの普通じゃない状況を思い出した瞬間、また鼓動が一気に跳ね上がってしまう。

浦原はすでにいつもの彼に戻って、双子を両腕にぶらさげて遊んでいる。

羽海と空良が帰ってこなかったら、今頃どうなっていたのだろうか。

キス、されそうになったんだよな――宏斗は思わず自分の唇に手の甲を押し当てた。

宏斗もまったく拒絶する気がなかった。されてもいいと思ったのだろうか。もしくは、したいと思ったのだろうか。自分のことなのに、よくわからなくなる。

浦原のことをそういう対象として見ていたのか。――男なのに？

だがそれを言うなら、浦原だって宏斗にキスしようとしていたのだから、お互い様だ。

ということは、互いが互いに好意を寄せているということになるのか？

「――…とくん？　おーい、宏斗くん！」

肩を叩かれて、ハッと自分を取り戻した。鈴本が不思議そうに見ていた。

「どうしたの、ぼんやりして。このりんご食べてもいい？　腹へっちゃって」

「ああ、うん。どうぞ。どうせなら、一緒にゴハン食べていってよ。タコヤキ器を買ったんだ。今日、みんなで作るつもりでさ。鈴本くんもよかったら」

「いいの？」

「うん。大勢の方が楽しいし。いろいろと具材も買ってきたんだよ。急いで準備するから」

「その前にさ」

さくっとりんごを齧《かじ》って、鈴本が意味深に笑う。

「宏斗くん、さっきから顔が真っ赤なんだけど。ちょっと、外の風にでも当たってきたら？」

「――！」

何もかもを見透かしていそうな鈴本のせいで、顔が一気に火を噴いたみたいに熱くなった。


お弁当の日がやってきた。

宏斗はつくし組の園児たちにお弁当を食べさせながら、内心そわそわとして落ち着かなかった。

今頃、チューリップ組でもお弁当を食べているはずだ。双子はあれを見てどう思うだろうか。まさか、またケンカになってないよな？　いや、大丈夫――と、宏斗は自分に言い聞かせる。今回は自信があった。やりすぎずほどほどに、だけど蓋《ふた》を開けた瞬間に二人が目を輝かすような、そういう光景を想像して作った。味も浦原のお墨付きだ。きちんと練習したのだから大丈夫。

食事が終わり、自分たちでお弁当箱を鞄にしまわせていると、浦原に呼ばれた。振り返る。すると、浦原が目線で何かを告げてくる。——廊下？

つられるようにして廊下に面した窓を見ると、羽海と空良が手を振っていた。その手に持っていたのは、空っぽになった弁当箱だ。

彼らが何を伝えたいのかはすぐにわかった。ピースサインをしてみせる二人に、宏斗も思わず笑みが零れる。

その時、「羽海くん、空良くん、何やってるの！　早く戻っておいで」と菜々子《ななこ》先生の声が聞こえた。二人が揃ってしまったという顔をしてみせる。宏斗も慌てて、早く戻れと身振りで伝える。双子は最後にもう一度、宏斗と浦原に手を振って、慌《あわただ》しく教室に戻って行った。

「よかったな」

歩み寄ってきた浦原の言葉に、宏斗は嬉しさを堪えきれず破顔した。

「ありがとうな。浦原先生のおかげだ。よかった、あの子たちに喜んでもらえて」

「何よりも宏斗先生の気持ちが伝わったんだよ。弁当箱を開ける瞬間のあいつらが見られなくて残念だったな。きっと、物凄く目をキラキラさせて大はしゃぎしてたと思うぞ」

「そうかな？　そうだったら嬉しいな」

想像して頬をこれでもかというほど弛《ゆる》ませる。

そんな宏斗を眺めながら、浦原までもが嬉しそうに微笑んだ。

途端に、ドキッと胸が高鳴った。動揺がばれないように、宏斗はさりげなく目線を浦原から園児に逃がす。

最近、おかしいのだ。浦原にキスをされそうになったあの時から、彼のことを意識してしまって仕方ない。普段通りに接しているつもりだが、今のようなふとした彼の仕草を目にした瞬間、思い出したように心臓がバクバクと鳴り出して困っている。

一方、浦原は特に変わりなく、一見何事もなかったかのような態度だが、しかし彼もまた明らかに宏斗のことを気にしているふうでもあった。

いつも通りのようでいて、いつもとは違う。そんな甘ったるくじれったい雰囲気が、二人の間を漂っているのは確かだ。あと一歩をどちらが詰めるか——互いの出方を探っている期間は、まるで恋に不慣れな学生に戻ったかのような甘酸っぱさを思い出す。

一日の仕事を終えて、職員室で帰り支度をしていると、園長の小岩《こいわ》に呼ばれた。

「ちょっといいですか、宏斗先生」

わざわざ園長室に招かれたので、宏斗は何かしただろうかと一瞬不安になる。双子のお弁当の件は、先月あれだけ大騒ぎしてしまったので小岩も気にかけてくれていたようだが、特に問題はなかったはずだ。担任の菜々子先生からもそう報告を受けている。

「失礼します」

おずおずと入室すると、にこにことした小岩に来客用のソファを勧められた。

どうやらお叱りを受けるわけではないらしい。少しホッとして、腰を下ろす。

「あのね、宏斗先生。いいお話があるのよ」

そんなふうに切り出した彼女の話に、宏斗は自分の耳を疑った。

「お見合いをしてみない？」

「……え？」

思わず訊き返す。小岩が言った。

「宏斗先生がすごく頑張っているのは、私もよく知っているわ。でも正直、男手一つで二人の子どもを育てるのは大変でしょう。これから羽海くんと空良くんは小学校に上がって、いろいろと悩みや問題も出てくるだろうし、そういう時にあなたたちを傍で支えてくれる人が必要だと思うのよ」

「ですが、俺は今の状態でもやっていく自信がありますし……」

「まさか、ずっと独身でいるつもりじゃないでしょう？」

言葉尻を奪うように返されて、宏斗は押し黙ってしまう。

「……でも、結婚はまだ……」

「お相手のお嬢さんだけど、私の古い友人の娘さんでね。勝手に話して申し訳ないんだけれど、宏斗先生の家庭環境を知った上でこの話を進めたいとおっしゃってるの。子どもが大好きなとても素敵なお嬢さんで、是非《ぜひ》、羽海くんと空良くんにも会ってみたいそうよ」

宏斗は返答に困った。黙り込んでしまった宏斗の気持ちを汲《く》んだのか、少し間をおいて小岩が穏やかな声音《こわね》で言った。

「急にこんな話をしてしまったものね。ゆっくり考えてみてちょうだい。三人の将来を考えて、宏斗先生にとっても決して悪い話ではないと思うから」

園長室を出ると、浦原が待っていた。

思わずぎくりとする。

「園長先生に呼ばれていたと菜々子先生に聞いたから。もう話は終わったのか?」

「ああ、うん」

「何の話だったんだ?」

「え?　ああ、えっと……運動会のことで」

「運動会?」と、浦原が食いついてくる。

「もう来週だろ。何か問題でもあったのか?」

「いや、そうじゃなくて」

宏斗は焦った。「ほら、うちは双子だからさ。親子参加の競技は去年も俺が二人分走ったから。まあ、そういう話」

「ああ、そうか。二回連続で出場するのは大変だな」

「んー、まあでも、保育園児の競技だから。そこまでハードなことはしないし。五歳児クラスは毎年、大玉転がしだったかな」

浦原はすっかり宏斗の話を信じたようだった。運動会の話は本当のことなので、嘘をついているわけではない。見合いの件はできれば誰にも知られたくなかった。浦原には特にだ。

教室で遊んで待っていた羽海と空良を迎えにいき、浦原と四人で帰宅する。

いつも通り四人で賑《にぎ》やかに食卓を囲み、楽しい時間はあっという間に過ぎていった。

「そうだ。三人に渡すものがあったんだ」

浦原が自分の鞄を引き寄せて、小さな袋を取り出した。宏斗と双子は何だろうと揃って浦原の手元を凝視する。

「この前、言ってただろ？　ようやく完成したぞ」

そう言って袋の中から出てきたのは、本物みたいによくできたフェルト細工だった。

「あっ、ギョーザだ！」

「タコヤキ！」

双子が丸い目を更に丸くして、精巧に作られたフェルトの食べ物に飛びつく。餃子はきちんとヒダがあり、底には美味《おい》しそうな焼き色が付いている。タコヤキもソースがたっぷりかかって、青海苔と鰹節《かつおぶし》のトッピングまで再現してあった。ケーキと同じで美味しそうだ。

「ありがとう、先生！」

「ぜったいぜったい大事にするね！　ねえねえヒロくん、これカバンに付けてもいい？」

「いいけど、浦原先生に貰《もら》ったことをみんなに喋《しゃべ》ったらダメだぞ。二人だけに作ったことがバレたら、先生が怒られちゃうからな。先生だって、保育園の全員の分を作ることはできないんだから」

言い聞かせると、双子は一度顔を見合わせて、

「うん、わかった！」

「ぜったいに言わない！」

深々と頷いた。

「よし。じゃあ、鞄を持っておいで」

「はーい！」

フェルトの食べ物は、携帯ストラップのように紐《ひも》がくっついていた。こうなると予想して作ってくれたのだろうか。

双子が隣の部屋から戻ってくるのを待っていると、浦原が袋の中からもう一つ何かを取り出した。

「宏斗先生。先生にはこれを」

「え？」びっくりする。「俺にも？」

渡されたのは、うさぎの飾り切りをしたりんごだった。

「……うわっ、すごい。こんなのまで作れちゃうんだ？」

うさぎの耳の赤い皮は、きちんと裏側にはクリーム色のフェルトを合わせてある。実物よりは二回りほど小さいが、くし形に切ったりんごのフォルムそのままで、手のひらにのせた形はころんとしていて何ともかわいらしい。

「この前、飾り切りの練習をしただろ？　何となくこのイメージが残っていたから」

浦原の言葉に、なぜか練習の記憶からずれて、床にしゃがみ込んだ二人の映像が蘇った。彼の顔がゆっくりと近付いてきた時のことを鮮明に思い出して、宏斗はカアッと体温が上昇するのを感じる。

「……う、うん。ありがとう」

ぺろんと捲《めく》れるうさぎの耳を指で弄《いじ》っていると、双子が戻ってきた。

「あっ、うさぎりんごだ！」

「これ、ヒロくんの？　先生、ヒロくんにも作ってくれたんだね！」

「あれ？　ヒロくん、顔が何だか赤いよ？」

「あっ、先生もだ。二人ともどうしたの？」

双子があれあれと宏斗と浦原の顔を見比べてくる。

宏斗は焦った。

「えっ？　そっ――そんなことないよ！」

「……いや、何でもないんだ」

浦原もいつになく挙動不審だ。

「そうだよ。た、多分、ちょっとこの部屋が暑いんじゃないかな、きっと」

「えー、暑いかなあ？」

「そんなことないと思うけどなあ」

双子が首を傾げ、大人二人はまるで示し合わせたみたいに手団扇《てうちわ》で風を顔に送る。その合わせ鏡のように息のあった動作にまた、顔がボッと火を噴いたように熱くなった。

保育園鞄にフェルト細工を取り付けながら、浦原が思い出したように言った。

「運動会のことだけど、親子参加の競技では、どちらかは俺と一緒に出場するというのはどうだろう？」

思いがけない提案に、宏斗は一瞬何のことを言っているのかわからなかった。

「え、先生がこの子たちと走ってくれるってこと？　いいのか？」

「ああ。走り終わってすぐにまたスタート地点に戻るのは大変だろ？　それに俺も一緒に玉転がしをやってみたい。やったことがないんだ」

「やろうよ！」と、羽海が嬉々とした声を上げた。

「じゃあ、空良と先生が一緒に出る！　ね？　ヒロくん、それでもいいでしょ？」

「いいと思うけど。明日、他の先生にも確認してみる。それで大丈夫なら、お願いしてもいいかな？」

浦原を窺《うかが》うと、快く頷いてくれた。

双子がわーいと飛び跳ねて、浦原に抱きつく。受け止める浦原も嬉しそうだ。宏斗も嬉しかった。

浦原が、積極的に自分たちとかかわろうとしてくれることが何より嬉しい。もう三人ではない。四人家族のようなものだ。

この当たり前になってしまった日常を、今更変えたいとは思わなかった。

現在の生活に不満はない。不便だとも思わないし、他の誰かとの結婚も考えられない。最初から見合いにはまったく気が進まなかったが、断る理由の一つを今はっきりと自覚する。

宏斗は、浦原のことを特別に想っていて、彼こそが自分たちの家族になってほしいと願っているのだ。

■8■

園長には、見合いの件を丁重に断らせてもらった。

宏斗たち三人を心配してくれていることは本当にありがたい。アルバイトとして雇ってもらっていた頃から劇団の公演は必ず観に来てくれたし、姉の不幸があり羽海と空良を引き取る決心をした時も、親身になって相談に乗ってくれた。彼女のおかげで宏斗は安定した収入を得ることができ、双子の転園まで認めてもらって、金銭的にも時間的にも追い込まれることなく暮らせているのだ。

だが、やはり現状では結婚は考えられない。自分自身の問題でもある一方で、子どもたちにとっても母親は姉の葵《あおい》だけで、焦ってどうこうする問題ではないと思った。双子が宏斗の子どもだとしたら、あるいは母親の存在の必要性を考えたかもしれないが、叔父と甥っ子の関係だ。これ以上家庭環境が複雑になるのもどうかと悩む。

三人でやっていくつもりだと伝えると、小岩もそれ以上は何も言えなかったようで、わかったと了承してくれた。

いよいよ運動会が今週末に迫り、職員も園児も準備に練習に大忙しの一週間だった。

小玉家の双子は、親子競技では羽海が宏斗と走り、空良が浦原と走ることで園長に許可をもらった。ダンスで使用するマントは、それぞれが思い思いに飾り付けて力作が出来上がっていた。なぜか羽海の青マントには餃子が、空良の紫マントにはタコヤキが、画用紙に描いて刳り貫いたものを真ん中にデンと貼り付けてあったのには笑った。なかなか味のあるいいマントだ。

十月下旬の土曜日、運動会当日。

頭上には水色の空が広がり、心地いい秋晴れだ。

カーテンを開けて、天気予報どおりの窓の外を確認した宏斗はホッとする。窓には双子が念のために吊るしたてるてる坊主がぶらさがっている。浦原と動物ふれあい牧場に出かける時に作ったものの使い回しだったが、今のところ晴れになる確率は百パーセントだ。

「ほら、二人とも。朝だぞ、今日は運動会だ」

宏斗が声をかけると、くうくう気持ち良さそうに寝ていた双子がパチッと目を開けた。

「そうだ、運動会！」

「ヒロくん、晴れてる？」

「いい天気だぞ。てるてる坊主の効果は抜群だな」

「やっぱり！」

「てるてるさんはイダイだね！」

いつもはもっとぐずったり、遊んだりしてなかなか着替えないのに、今日は二人とも進んで顔を洗いに行き、自分たちでてきぱきと着替えを済ませた。

おかげで宏斗も自分の作業に集中できる。重箱におかずを詰めながら、双子に朝ごはんを食べさせる。

「ヒロくん、張り切ってるね」

「こんなゴーカなお弁当、初めてだよ！」

「そうだろ？　去年のヒロくんとは一味違うぞ」

「レベルアップだね！」

「ウガトラ先生の分もある？　先生、大きいからきっといっぱい食べるよ」

「大丈夫。たっぷり詰めたから。ほら、食べ終わったら歯磨きしておいで。そろそろ俺も準備しないとまずいな」

余ったウインナーを口に放り込んで、宏斗も急いで身支度に取り掛かった。

保育園に到着すると、正門では『うんどうかい』とポップにデザインされたカラフルな看板が出迎えてくれた。昨日、浦原と二人で設置したものである。

まだ早いので園児の姿はないが、すでに職員は集まっている。着替えた人から園庭に出て準備を始めていた。各クラスの役員に当たっている保護者も手伝ってくれている。

「あっ、ウガトラ先生だ！」

「おはよう、先生！」

双子が声を上げて駆け寄っていく。半袖にジャージ姿の浦原は頭にタオルを巻いて、入場門の看板を運ぶところだった。

「おう、おはよう。二人とも早いな」

ちらっと顔を上げた浦原が宏斗の姿も見つける。ふっと微笑まれて、無性に恥ずかしくうっかり胸がときめきそうになるのをぐっと堪えた。

「おはよう、宏斗先生」

「お、おはよう。俺もすぐに着替えてくるから。二人とも教室に荷物を置いておいで。先生たちの邪魔をしたらダメだぞ。みんな運動会の準備で忙しいんだから」

「はーい！」

立派な返事だ。子どもたちはすでに体操着で登園しているので着替える必要はない。気の早い羽海と空良はさっそくマントを付けて走り回っていた。

宏斗も急いで着替えて他の職員たちと合流する。準備をしていると、続々と園児たちが登園してきて、あっという間に賑やかになった。たくさん連なった小さな国旗が秋風にはためき、ロープを張った外側では保護者の場所取り合戦が繰り広げられている。

「宏斗くん」

呼び止められて振り返ると、鈴本が手を振っていた。今日はわざわざ店を閉めて駆けつけてくれたのだ。手にはデジタルビデオカメラを持っている。

「見て見て、新しいヤツを買っちゃった。撮影は任せて」

「ありがとう、期待してる」

双子もすっかり鈴本に懐いていて、今ではメガレール仲間だ。彼らの晴れ舞台を撮り収めようと張り切ってくれていた。宏斗も浦原も保育園側の職員なので、鈴本が撮影してくれるとありがたい。後からみんなで鑑賞会をするのが楽しみだ。

「浦原先生も空良と一緒に大玉転がしに出るから」

「聞いた聞いた！　笑えるよなあ、あいつが玉転がしとか。高校の時は体育祭なんてかったるいってサボってたくせに。人って変わるもんだよなあ」

高校というと、浦原が荒れていた頃だ。今の真面目で熱心な彼からは想像できなかった。

まもなくして、つばさ保育園の秋の運動会が開催される。

園児たちの入場行進から始まり、みんなでラジオ体操をしてから、競技種目に移る。

羽海と空良が頑張っているのを遠目に応援しながら、宏斗もつくし組の子たちを並ばせなければいけない。三歳児の親子競技は『ものまねできるかな？』だ。親子でスタートし、途中でカードを捲り、そこに描いてあるイラストと同じ恰好をしてゴールを目指すというものだ。魔法使いのカードなら、フィールドの中央に並べてある変身グッズの中から、とんがり帽子と付け鼻と杖を探しお父さんお母さんを変装させて、一緒にゴールするのだ。

親子競技は大盛り上がりで、無事に終了した。

昼食を挟んで、午後からは各クラスのダンスが待っている。

休憩に入り、宏斗は双子を探していると、前方から二人が浦原と一緒にやって来た。

「ヒロくん！　障害物競走、ぼく一位だったよ！」

「うん、見てたよ。えらいえらい、頑張ったな」

「ぼく、二位だった」

「二位でもすごいよ。空良は平均台でぐんぐん追い抜いてたじゃないか。バランス感覚がすごくいいんだよ。二人ともよく頑張った」

大喜びの羽海と少しばかり悄気ている空良の頭をわしゃわしゃと豪快に撫でてやる。

「よし、おなかすいただろ。みんなでお弁当にしよう。鈴本くんがどこかにいるはずなんだけど……あ、ほら手を振ってる」

鈴本を見つけて、羽海が真っ先に走り出す。空良は浦原と何やら話していた。鈴本と合流して、みんなで重箱を囲む。

「すごいね。これ全部宏斗くんが作ったの？」

鈴本が目を丸くした。

「うん、まあ。でも、昨日のうちに浦原先生にも仕込みを手伝ってもらったから。おにぎりは浦原先生の手作りだよ」

浦原が用意した重箱には三角や俵おにぎりの他に、チーズや野菜を星や葉っぱの形に刳り貫いて飾り付けたカラフルな茶巾寿司や、動物の目や耳を海苔で貼り付けたキャラクターおにぎりまで並んでいた。

「……マジか。お前、よくその顔でこんなかわいらしいものを作り出せるな」

呆気《あっけ》に取られる鈴本の横で、双子がすごいすごいと目を輝かせて喜んでいる。

「顔とおにぎりは関係ないだろ」ムスッと言い返す浦原がおかしくて、宏斗は思わず大笑いしてしまった。

楽しい昼休憩が終わり、午後の部のスタートは二歳児クラスのダンスだ。それが終わると三歳児クラスなので、宏斗と浦原は急いで入場門の裏につくし組の園児たちを集める。すぐに出番がやってきて、園児たちは夏からずっと練習してきたダンスをお父さんお母さんたちの前で上手に披露した。もちろん宏斗と浦原も一緒に踊ったのだが、浦原のダンスは完璧で最初の頃のような笑いの要素は一切なくなっていた。子どもたちの裏で隠れた練習の成果が発揮できたことを、宏斗も我がことのように喜んでしまった。

五歳、六歳児クラスのヒーローダンスもさすがお兄さんお姉さんで、揃えるところはきちんとみんなが揃えてくる。親バカかもしれないが、羽海と空良は六歳児に混ざってもわからないくらい上手に踊れていた。背中の餃子とタコヤキが笑いを誘って、ふと姉の葵も見ているだろうかと、頭上を仰ぐ。高くなった秋空に、姉の笑顔を思い浮かべた。

五歳児の親子競技の順番がやってきた。

第一レースに羽海と宏斗が出走する。園児と親が別々にスタートし、障害物をクリアしながらコースの中盤で合流したら、親子で大玉を転がしてゴールするというものだ。

スタートの笛が鳴って、宏斗は懸命に走った。中には宏斗よりも若いお父さんがいて、さすがに身軽だ。なんとか二番手で合流地点に到着すると、羽海がこっちこっちと手を振っていた。急いで羽海と大玉の前まで走り、息を合わせて転がす。大人と子どもでは身長差があるので、あまり大人が頑張って押してしまうと、子どもが大玉と一緒に転がってしまうこともある。気を付けつつ、羽海に合わせて一生懸命に転がす。途中まで一組と競っていたが、ゴール前で玉一つ分追い抜き、見事一着でゴールした。

「やったー!」

喜ぶ羽海とハイタッチをする。第二レースのスタートでは空良が拍手をして喜んでくれていた。さすがに浦原は他の保護者の目もあるので目立った行動は取れないが、嬉しそうに微笑んでいた。

「羽海、次は空良たちだよ」

「うん、応援しないとね!」

二人が見守る中、スタートの笛が鳴り響く。

両サイドから一斉に園児と保護者が走り出した。空良は大人と比べて短いコースを懸命に走り、順調に障害物をクリアしていく。浦原はどうだろうか。反対側に目を向けて、びっくりした。他のお父さんお母さんたちをあっという間に引き離し、ダントツの速さで合流地点に到着したからだ。

「ヒロくん見た？　すごいよ、ウガトラ先生！　ウガトラエースと同じくらい速いよ！」

「うん、びっくりした。浦原先生ってあんなに足が速かったんだな」

足の長さも関係しているのかもしれないが、それを抜いても速い。障害物の後のダッシュは風のように駆け抜けていた。まもなくして園児たちがやって来る。二番手で到着した空良と合流し、二人は大玉を転がし始めた。先に飛び出した親子はどうも息が合わないようで、なかなか上手く玉が進まない。その隙に、空良と浦原のペアが一気に追い上げる。二人の口元を見ると、「イッチ、ニ、イッチ、ニ」と、声を掛け合いながら転がしているようだった。

結局、そのまま一番でゴールテープを切る。

「やった、空良も一等賞だ！」

羽海が跳び上がって、二人のもとへ駆け寄っていく。ハイタッチする双子に思わず頬が弛んだ。浦原と目が合う。

「お疲れ。お互い一等賞だな」

「ああ」と、浦原がホッとしたように頷く。

「午前中の障害物競走で、空良は二着だっただろ？　これは絶対に一位を獲りたいって俺に言ってきたんだ。どうにか一着でゴールさせてやりたくてな。よかったよ」

「そうだったのか。ありがとう」

大喜びの二人を真ん中にして、鈴本が四人の写真を撮ってくれる。「ビデオの方もバッチリ撮れてるから。あとからみんなで観ような。俺も思わず力が入っちゃったよ。ヤベ、俺の叫び声が入ってるかも」彼が一番興奮しているようだった。

プログラムは滞りなく進み、大きな問題もなく無事に閉会式を迎えた。

保護者と挨拶を交わし、園児たちを見送って、職員と役員で後片付けに取り掛かる。

片付けもあらかた終わり、着替えや荷物置き場に開放していた遊戯室に忘れ物がないかと確認して回っていると、「宏斗先生」と呼ばれた。

振り返ると、小岩が立っていた。

「あ、園長先生」

「今日は本当にお疲れ様でした。天気もよかったし、無事に終わってよかったわね」

「そうですね。来週は雨になるみたいですから、今日でよかったです」

「あら、本当？」と、小岩が目を瞬かせた。

「羽海くんも空良くんも、一等賞だったわね。二人とも頑張ってたじゃない」

「はい。僕の方が運動不足で足を引っ張るところでした」

「あら、そう？　宏斗先生も速かったけど。ああでも、浦原先生には驚いたわね。背が高い人って動作もゆっくりしているイメージがあるけど、あんなに素早く動けるとはねえ。網を潜《くぐ》り抜ける姿なんかは忍者みたいだったわ」

小岩の言葉に思わず吹き出してしまう。確かに、今日の浦原はウガトラエースというよりは忍者の方が合っていたかもしれない。

「明日はお休みね。羽海くんと空良くんとお出かけする予定はあるの？」

「明日ですか？　いえ、今のところは特に予定はないです。僕としてはゆっくり休みたいんですけど、子どもはもう明日になれば元気に走り回っていそうですね。あの子たちは筋肉痛とは無縁だろうからなあ」

羨《うらや》ましいことだ。そういえば、浦原は明日は何をしているのだろう。

「あのね、宏斗先生」

小岩がふと真面目な顔をして言った。

「例のお見合いの話なんだけれど」

「え？」宏斗は咄嗟に声を強張《こわば》らせた。「あの話はもうお断りしたはずですが」

「ええ、そうなんですけどね。私もきちんと先方にあなたの気持ちを伝えて、お断りしたのよ。だけど、どうしてもお嬢さんの方が一度あなたに会って話をしてみたいって、おっしゃっていて……どうかしら？　明日、お食事だけでも顔を出してもらえないかしら」

「そんなこと、急に言われても……」

結婚の意思がまったくないのに、相手と会うわけにはいかない。戸惑っていると、小岩も困ったような顔をして声を潜めた。

「どうやら、お嬢さんは演劇鑑賞が趣味らしいのよ。だから、劇団にいた頃の宏斗先生のことも知っているみたいなの」

これには驚いた。

「たぶん、そういう意味での会ってみたいというのもあるんじゃないかしら？　とにかく、宏斗先生の意思はきちんと伝えてあるんだから。お見合いとは言っているけど、食事がてら楽しく話がしたいだけだと思うのよ。宏斗先生、ここは私の顔を立てると思って、明日彼女に会ってもらえないかしら」

小岩がお願いと頭を下げてくる。そんなことまでされては、宏斗も大いに焦った。

「頭を上げて下さい。わかりました。明日は予定もないですし、お食事だけならお受けしますから」

「本当に？　ありがとう。ああ、そうだ。羽海くんと空良くんも一緒に行く？　先方は喜ぶと思うけれど」

「いえ、それはさすがに。二人は知り合いに預けますから」

宏斗は苦笑してかぶりを振った。あの子たちを連れて行ったら、こちらの意思とは関係なく見合い話が進んでしまいそうな気がする。誤解を生むような行動は避けたい。

小岩も複雑な心境を察したのだろう。「そうね」と頷き、「それじゃあ、先方にはそのように伝えておくわ。場所と時間はまた追って私から宏斗先生に電話するから」

「はい、わかりました」

小岩が遊戯室から出て行くと、宏斗は重苦しいため息をついた。今日一日分の疲れが一気に圧《の》し掛かってきたような気分になる。

「面倒なことになったな……」

独りごちて、壁にもたれかかった。

「浦原先生、あいつらを預ってくれるかな。形だけでもお見合いなんかにあいつらを連れて行けるかよ」

あの子たちに余計な心配はかけたくない。浦原にもだ。

とりあえず明日の食事には付き合うが、もうそれっきりにしてもらわないと困る。

断りの文句を考えながら、宏斗は忘れ物の確認を再開した。


昨日の運動会で大活躍した二人は、前日の疲れをまったく見せず、今日も普段通りに起き出して遊んでいた。

宏斗は筋肉痛の体を騙《だま》し騙し動かして、双子にオモチャを片付けるよう言いつける。

「ヒロくん、どこに行くの？　そんなカッコウして」

羽海と空良が、珍しくスーツを着込んだ宏斗に不思議そうな眼差しを向けて訊ねてきた。

「うん？　だから言っただろ。ちょっと用があって、人に会わなきゃいけないんだ。いつもの普段着だと失礼だから、ちゃんとした服装で行くの」

「ふうん」と、双子が不満そうに唇を尖《とが》らせる。

「ヒロくん一人で行くの？」

「ぼくたちは行っちゃダメな場所？」

「うーん、そうだな。今回はごめんな。二人はお留守番していてくれるか？　大人しか行けないところなんだ」

「……そっか」

「……じゃあ、仕方ないね」

二人が妙に聞き分けのいいことを口にして、しゅんと俯いた。三人で暮らし始めて数ヶ月ほどは、宏斗が一人で出かけて、自分たちが他の誰かに預けられることを酷く嫌がった。ぼくたちも一緒に行くと駄々を捏ねていたのだ。母親を亡くして、不安な時期でもあったことは重々承知していたが、どうしても外せない用がある時は本当に困った。

あれからたった半年ほどしか経《た》っていないが、ちょっとお兄さんになったかなと嬉しく思う。同時に、安心して宏斗を信用してくれているのだと知れれば、胸の中に何かあたたかいものが込み上げてきた。

ぎゅっと抱きしめてやりたかったが、時間がないので頭をよしよしと撫でるだけで我慢する。

「さて、出かけようか。それにしても随分と大荷物だな。遠足用のリュックサックなんて引っ張り出して。何が入ってるんだ？」

「オモチャ！」

「ランマルくんに見せてあげる約束したんだ」

「へえ、そうなんだ？　けどパンパンだぞ。重くないのか？」

「だ、大丈夫だよ」

「平気だもん」

「ふうん、転ぶなよ。おっと、急がなきゃ。二人とも早く靴を履いて」

本当は浦原に子どもたちを預ってもらう予定だったが、今朝になって急用ができたと電話がかかってきたのだ。

——悪いな。すぐに戻ってくるから、それまで『すずらん』で預ってもらうように頼んでおいた。蘭丸も双子なら大歓迎だと言ってくれているし、心配しなくても大丈夫だ。宏斗先生も食事をしてから帰ってくるんだろ？　せっかくだから、子どもたちと『すずらん』で昼ごはんを食べながら待っていようかと思っているんだが……。

浦原は申し訳なさそうに話していたが、宏斗としてはそこまで考えてもらって本当にありがたかった。

それなのに、知人と会う約束があるとつまらない嘘をついてしまったことが心苦しい。双子を急《せ》かして家を出る。

二人と手をつないですっかり通い慣れた道を進み、やがて喫茶『すずらん』の看板が見えてきた。

「こんにちは」

ドアを開けるとカウベルが涼やかな音色を奏でる。

「いらっしゃい」

カウンター越しに鈴本が迎えてくれた。日曜の午前中、まだ開店したばかりとあって、店内に客は見当たらなかった。鈴本も準備をしていたようで、挽《ひ》き立てのコーヒー豆のいい匂いが充満している。

「あれ？　今日は何だかいつもと雰囲気が違うね」

宏斗の服装を眺めて、鈴本が珍しそうに目を瞬《しばた》かせた。宏斗も曖昧に笑う。

「うん。ちょっと人と会う用事があって。浦原先生にも話してあるんだけど、今日はこの子たちをよろしくお願いします」

「全然大丈夫だよ。この通り、お客さんいないし。今日は日曜だから、昼間もそんなに混まないかな。うちは平日の方が常連さんも多いんだよね」

カウンターを迂回して出てきた鈴本が、双子を見て「今日はまたでっかい荷物を背負ってんなあ」と笑った。

「鈴本くんに見せたいオモチャがあるんだって。この前、約束したみたいだから」

「ん？」

鈴本が小首を傾げたところへ、ハッとした双子が慌てるように間に割って入る。

「ヒロくん、急がなくていいの？」

「お約束があるんでしょ？　遅刻しちゃうよ！」

「ああ、そうだった。それじゃ、この子たちを頼みます。たぶん、三時間もかからないと思うんで。二人とも、いい子にしてるんだぞ」

「はーい！」と、元気のいい返事を聞いて、宏斗は安心して出かけることができた。

「いってらっしゃーい」

三人に見送られて店を出る。ぶんぶんと一生懸命に手を振っている二人を微笑ましく思いながら、駅へ急ぐ。

この時はまだ、彼らがその小さな頭の中で何を考えていたのか、知るよしもなかった。

待ち合わせであるホテルのレストランに到着すると、窓際の席に案内された。

テーブルにはすでに相手が着いており、宏斗を見て腰を上げる。

「小玉さんですよね？　はじめまして、白石《しらいし》ほのかといいます」

はにかむように微笑む彼女は、まだ学生のような雰囲気を残したかわいらしい感じの女性だった。確か宏斗より四つ年下で、二十三歳になったばかりのはずだ。歯科衛生士だと聞いている。

どんな女性だろうかと思っていたが、起立して礼儀正しくお辞儀する姿には、素直に好感が持てた。

「はじめまして。小玉宏斗です。えっと……座りましょうか」

「は、はい。それじゃ、失礼します」

何だか面接のようだ。白石の色白の頬はうっすらと上気していて、緊張しているのが窺い知れる。宏斗自身、お見合いの席は初めてだ。見合いといっても、本人たち以外に関係者は誰もいない。二人で食事をするだけの席だ。

とはいえ、仕事以外で同世代の女性と二人きりで会うのはどれくらいぶりだろうか。食事だけなら園長や劇団仲間と出かけることもあったが、まったくの初対面は二年位前に劇団の先輩の紹介で知り合った子と食事したのが最後かもしれない。

こんな高そうなレストランを訪れたのも初めてだし、緊張しないといったら嘘になる。しかし、彼女の緊張ぶりを目の前で見せられると、かえってこちらは落ち着きを取り戻すことができて助かった。

「いい天気ですね。このお店もすごく素敵なレストランで」

日曜の昼時なので、テーブルの半分以上が埋まっている。その中でも、ここは一番見晴らしのいい席だ。

「あ、はい。父の知り合いの方がここの料理長さんで、席を用意してもらったんです。ここのお料理、すごく美味しいですから。是非、小玉さんにも食べてもらいたくて」

「そうなんですか？　それは楽しみだな。俺、あまりこういう場所に慣れてなくて、ナイフとフォークを使うのも久しぶりなんですよ」

「ああ、そうですよね。小さなお子さんが二人もいらっしゃるって……」

「はい。五歳の双子です。僕の甥になるんですけどね」

彼女も宏斗の事情は知っているのだから、言葉を選ぶ必要はなく気がラクだった。子どもの話になるのかなと身構えていると、

「小玉さんは、『劇団ジンジャー』に所属されていたんですよね？」

唐突な話題転換に、宏斗は少々面食らってしまった。

「……ああ、はい。といっても、舞台にはほとんど立ってなかったですけど。よくご存知ですね」

チラッと対面を窺うと、白石は恥ずかしげにもじもじしていたそれまでとは打って変わって、目を輝かせて頷いた。

「はい！　私、演劇鑑賞が趣味なんです。ジンジャーの公演も何度か観させてもらってまして、小玉さんのお名前とお写真を拝見した時に、あっ、この人って思ったんです！」

小岩から聞いていた通り、彼女はどうやら宏斗自身というよりも去年まで宏斗が所属していた劇団の方に興味があるらしい。それはそれでこちらとしても都合がよく、ますます気がラクになる。

「小さな劇団なのに、その中でも俺みたいな目立たないヤツのことまで覚えてくれていたなんて、ありがたいですよ」

「そんなことないですよ！」

白石が首を振った。

「小玉さんが幽霊役で出演されていた『サバイバル』。あれ、ジンジャーのオリジナルですよね？　あの幽霊役、すごくよかったです！　あれを観て、小玉さんは私の中で注目俳優さんになったんですから」

驚いた。そんなふうに言ってもらったのは初めてだったからだ。『サバイバル』は、宏斗が初めてオーディションで勝ち取った大役だったので、自分の中でも思い出深い作品だった。だがその後はさっぱりで、舞台に立てても名前のない役ばかりだった。人生でたった一度だけ、スポットライトを浴びた自分の演技を覚えてくれていた人がいたことに感激する。

「ありがとう。すごく嬉しいです」

思わず顔をほころばせると、白石がハッとしたみたいに目を瞠った。興奮して話したせいか、目元にぱあっと朱が散る様子が見て取れる。

「あ、あの」

白石が意を決したように訊いてきた。

「小玉さんは、本当にもう役者をやめられたんですか？」

彼女の真剣な眼差しに、宏斗は戸惑う。

「退団されたって聞いて、びっくりしたんです。最近になって、母から見合いをしないかとお相手の写真を渡されて、もっとびっくりしました。まさか、小玉さんにこんな形で再会できるとは——あ、ごめんなさい。再会と言っても一方的にですけど。それに、保育士さんになられていることにも驚いて……」

「保育士は、資格を持っていたんで劇団にいた頃からバイトで雇ってもらってたんです。俺は、もう役者に戻るつもりはありません」

「それは……お子さんがいるからですか？　だったら、私が小玉さんを支えます。もったいないですよ、演劇をやめちゃうなんて。私にサポートさせてください！」

真剣な顔でそんなことを言ってのけた彼女に、圧倒されそうになる。逆プロポーズのようにも聞こえるが、おそらく彼女にその意思は薄いだろう。マネージャーのような感覚なのかもしれない。ただ、宏斗のことを買ってくれていることだけはとてもよく伝わってきた。演者だった宏斗の唯一のファンかもしれない。本当にありがたいことだ。

「ありがとう。そんなふうに言ってもらえて、短い役者人生だったけどガムシャラにやってきた時間が報われたような気がする」

「小玉さん……」

「だけど、もう自分で決めたことだから」

一瞬浮かんだ白石の笑みがふっと消えた。宏斗は自分の正直な気持ちを告げる。

「今は別の目標があるんだ。だから、劇団をやめたことは後悔していないし、毎日が充実していて、今ある生活を大事にしたいと思ってる」

「……そうですか」

白石が申し訳なさそうに頭を下げた。

「ごめんなさい。何も知らないくせに、生意気なことばかり言ってしまって」

「ううん。嬉しかったよ。劇団にいる時はその他大勢の中の一人で、俺の名前を覚えてくれているお客さんなんていないと思ってたから。ありがとう」

心から感謝の気持ちを伝える。白石が一瞬押し黙り、にっこりと笑って首を横に振った。

「それじゃ、せっかくの料理が冷めちゃうから食べよう」

ほとんど手付かずの皿を見やって促す。

白石が「はい」と笑顔で頷いた。


趣味は演劇鑑賞だと言うだけあって、白石の知識は宏斗が舌を巻くほどだった。

大小さまざまな劇団の公演を、全国規模であちこち観て回っているようで、中には宏斗ですら全然知らないマニアックな情報も彼女からはたくさん聞けた。

おかげで会話は尽きず、思いのほか楽しい食事だった。

途中、興奮気味に手振りを交えて話す白石が、水の入ったグラスを引っ掛けてしまう。幸いにも、気づいた彼女が自らグラスを支えたので倒れることはなかったものの、跳ねた水がほっそりとした色白の腕を濡らした。

「大丈夫?」

宏斗は立ち上がり、急いでスーツのポケットからハンカチを取り出して、彼女の腕を拭《ふ》いてやる。

「すみません、ありがとうございます。やっぱり、お子さんのいるパパって感じですね」

「え？　そうかな」

「面倒見のいい素敵なお父さんなんだろうなって、想像がつきます。双子くんたちは幸せですね」

他意のない彼女の言葉はくすぐったく、宏斗は照れ臭くて思わず頭を掻いた。

「あ、何かポケットから出てますよ」

「え？」

「それ、りんごですか？　かわいい」

見ると、ポケットからはみ出していたのはフェルトのうさぎりんごだった。キーケースに付けて持ち歩いているそれが、ハンカチと一緒に飛び出てしまったらしい。

「ああ、これは貰い物で。よくできているでしょ？　気に入っているんですよ。これを作ってくれた人が、また凄い人で。びっくりするくらい器用なんですよ」

触り心地のいいうさぎりんごを指先で撫でながら、浦原のことを思い出した。もう彼の用事は済んだのだろうか。今頃、双子と一緒に『すずらん』でごはんを食べているに違いない。お土産を買って帰らないとなと思いを馳《は》せる。

白石がなぜかくすっと笑った。

「？」

「すっかりパパなのかなと思ったら、そういうわけでもないんですね」

「は？　えっと、ごめんなさい、今のはどういう……」

その時、ざわざわっと入り口付近が俄に騒がしくなった。「お客様！」と、ウエイターの声が聞こえてくる。

何かあったのだろうか？　宏斗は声がする方を見やった。そしてぎょっとする。

「——え？」

一瞬、自分の目を疑った。急いで瞬き、再度凝視するも、やはりそこにいる人物に変わりない。見間違いではなかった。なぜ、ここに浦原がいるのだ——！

「何で？」

宏斗を見つけて、真《ま》っ直《す》ぐこちらに向かってやってくる浦原の姿に焦った。ただでさえ迫力のある強面《こわもて》なのに、何か切羽詰まったような様子でドスドスと迫ってくるので、ますます異様さが際立つ。ただならぬ雰囲気に和やかだった店内が一気に緊張感を孕《はら》んだ。白石も言葉を失ってしまっている。

「ど、どうしたんだよ」

ハアハアと息を切らし、物凄い形相をして目の前に辿《たど》り着いた浦原に、宏斗は動揺しながら潜めた声で訊ねた。

「何でここにいるってわかったんだ？　誰から……」

「そんなことより大変だ」

浦原が低い声で遮った。

「子どもたちが家出をした」

宏斗はゆるゆると目を瞠る。

「——ど、どういうことだ？　何だよ、家出って」

ここでは込み入った話ができない。白石に断って、宏斗は浦原と急いで店の外に出た。

「家出って、何で？　浦原先生、あいつらと一緒にいたんじゃないのか？」

「それが、思ったよりもこっちの用が長引いてしまって。急いで店に向かっている途中に、蘭丸から電話がかかってきたんだ。二人の姿が見えなくなったって」

宏斗にも電話をかけたがつながらなかったと言われて、慌ててポケットを探る。マナーモードに切り替えたつもりが、電源を切ってしまっていた。

浦原は、前職場の元同僚と会っていたらしい。以前浦原が担当していたベビーシッターを引き継いでくれた相手で、相談があると言われたそうだ。

元同僚と別れて急いで『すずらん』に向かっていると、蘭丸から電話がかかってきた。

——悪い。ちょっと目を離した隙に、二人がいなくなった。さっきまで奥の部屋でケーキを食べていたはずだったのに、洗い物を済ませて様子を見に行ったら、姿が見えなくなっていて……。

ケーキもジュースも手付かずのまま残っていたという。二人が背負ってきたリュックサックもなくなっていて、テーブルの上には一枚の置き手紙が残されていた。

「それがこれだ」

浦原から渡された紙は、画用紙を折り畳んだものだった。二人がよく絵を描いているそれだ。画用紙を広げると、覚えたてのところどころ反転した拙《つたな》いひらがなが紙面一杯に綴《つづ》ってあった。羽海と空良の文字だ。

「……僕たちは二人で生きていきます。ヒロくんはお見合いの人と生きてください。——何だよ、これ」

青褪《あおざ》める宏斗を、浦原がじっと見つめて言った。

「昨日、運動会の後片付けをしている時、一緒に国旗を片付けていた二人がトイレに行ってくると言って園舎に入ったんだ。それからしばらくして戻ってきたんだが、今思うと、あの時の二人の様子はどこかおかしかった気がする。ちょうど同じ頃に、俺は遊戯室で園長先生と宏斗先生が話している姿を外から見かけているんだ」

「…………」

「俺はさっき園長先生から聞いて初めて、宏斗先生の用事がどういうものかを知った。だけど、あいつらは昨日から知っていたんじゃないか？　お前が今日、ここで見合いをしていることを」

「——！」

昨日の園長との会話を二人はどこかで立ち聞きしていたというのか？

「でも、何でそれで家出になるんだ……」

どの部分を聞いたのだろう。何か彼らが気になるようなことを喋っただろうか。必死に思考をめぐらせるが、あの子たちの気持ちがまったく読めない。

二人が背負っていたパンパンのリュックサックを思い出した。あれは、鈴本に見せるためのオモチャを詰めていたわけではなかったのだ。家出をするための準備——おそらく、昨日宏斗が風呂に入っている間に二人で考えて用意したに違いない。彼らの異変に何も気がつかなかった。よく見れば、この手紙だってクレヨンで書いてある。鈴本の自宅にクレヨンが置いてあるとは考えにくい。だが今朝家を出る前には、クレヨンの箱がいつもの場所にスケッチブックと一緒に重ねて置いてあるのを宏斗は確認している。これは昨日のうちに書いたものだ。

突発的な行動ではなく、きちんと計画された家出なのだと知れる。

「……どうしよう。俺のせいだ」

キーワードは『お見合い』に違いない。話の流れをすべて理解していたのなら、家出をする理由がない。だとすれば、断片的に耳にした言葉を五歳児なりに解釈し、家出という結論に結びつけたのだろう。

「あいつら、お見合いの意味を知ってたのかな……？　何か、おかしなふうに勘違いしたのかもしれない。どうしよう、早く探さないと。羽海と空良、泣いてるかも」

「大丈夫だ、落ち着け」

「俺、どうせ断るから、あいつらを変に不安にさせたくなくって、だから……っ」

「しっかりしろ、宏斗！」

ビクッと微電流が体を駆け巡ったかのような衝撃に、ハッと顔を上げた。

「お前が取り乱してどうするんだ。あいつらは大丈夫だから、少し落ち着け」

浦原の言葉に我に返る。ぐっと両肩を掴んでくる体温に、血の気の失《う》せた宏斗は呼吸の仕方を思い出したかのようにゆっくり息を吸って、吐いた。

「事情は大体わかったが、とにかく二人を探そう。今、俺の知り合いが手分けして探してくれている。アパートの周辺も回ってもらっているし、蘭丸は店の客で見かけた人がいないか訊いてくれている。あの子たちもちょくちょく店に出入りしていたから、常連からも孫のように可愛がられてるんだ。すぐに見つかる。大丈夫だ」

宏斗は言葉の代わりに何度も頷いた。喉元まで込み上げていた熱いものを無理やり飲み込む。喉がぐっと絞まったように苦しくなったが、泣いている場合ではない。

「ありがとう。俺たちも早く探しに行こう」

白石に急用ができたと告げると、彼女もただ事ではないと察したのだろう。ここはいいから早く行って下さいと送り出してくれた。

「あの子たちが行きそうな場所に心当たりはないか？」

「大体の行動範囲が家と保育園の間だから、あとは『すずらん』までの道と……あっ、去年まで姉と住んでいた家がある」

「どこだ？」

問われて場所を伝えた。

「うちからだと最寄り駅から五つ先。だけど、あの子たち二人だけで電車に乗ったことはまだないし。お金も持ってないんじゃないかな」

「もう五歳だし、乗り方を知っていれば行けるはずだ。とりあえず、俺たちはそっちに行ってみよう」

浦原が電話をかける。相手は鈴本のようだった。

急いでホテルを出ると、「こっちだ」と浦原に腕を引かれる。大型バイクが止めてあり、フルフェイスのヘルメットを渡された。バイクに詳しくはないが、あちこちカスタマイズされているのは素人目に見ても明らかだった。

「これ、浦原先生の？」

「いや、知り合いに借りた。車よりもこっちの方が速いし、小回りもきく。後ろに乗ってくれ。乗れるか？」

「うん、大丈夫」

ヘルメットを被って跨《また》ると、浦原が宏斗の手を引っ張って自分の腰に巻きつける。

「しっかり摑まっていてくれ」

返事の代わりに引き締まった腰にしがみつくと、バイクが動き出した。

一気に速度を上げて車道を走り抜ける。車と違って遮るものが何もなく、風の塊が直接ぶつかってくる。思わず腕に力をこめて、浦原の背中にくっついた。浦原は慣れた様子で車の間を縫うように走り、道が混み始めると脇に逸れて迷わず進んでいく。

あっという間に、一年ほど前まで姉と双子が住んでいたアパートの前に到着した。

かつて三人が住んでいた部屋にはすでに他の住人が暮らしており、浦原と手分けして周辺を回ってみたが、それらしい姿は見当たらない。念のため、二人が通っていた保育園にも行ってみたけれど、日曜なので誰もいなかった。

自宅アパートや『すずらん』の周辺を捜してくれている浦原の知人たちからも、まだ見つかったという連絡は入ってこない。

宏斗は記憶を総動員して、姉と双子の思い出が詰まった場所を探す。宏斗も一緒に行ったファミレスや公園、市立図書館まで探してみたけれど、一向に見つからない。時間だけが過ぎてゆき、焦燥が募る。子ども二人だけで街中を彷徨《さまよ》っている姿を想像する。ふいに誘拐という不吉な言葉が脳裏をよぎり、宏斗は急いで頭を振って打ち消した。

「あと、姉さんと一緒に行ったところっていえば……」

「お前と三人で行った思い出の場所は、どこか心当たりがないのか？」

浦原が汗を拭《ぬぐ》いながら訊いてきた。住宅地の道という道を走り回り、宏斗も汗だくだ。ネクタイは外したが、スーツの下でシャツが肌に張り付いていた。もう十月も終わるが、それでも日中はそれなりに気温が上がる。

雨が降っていなくて幸いだと思うべきか。しかし、降っていればどこかで雨宿りしているかもしれず、居場所を絞りやすくなっていたかもしれないと考えると、焦りすぎてわけのわからない苛立《いらだ》ちが込み上げてくる。

本当にどこにいるんだろう。もうそろそろ夕方だ。日が落ちたら心細くなって泣いてしまうかもしれない。早く見つけてやらないと……待てよ、雨宿り――？

「あ、神社」

宏斗の言葉に、浦原が「神社？」と繰り返した。

「うん。前に、急に雨が降り出した時に雨宿りをした場所があるんだ。お社も神主さんもいない、鳥居だけが立っているような神社だ。少し奥まったところに、石が積まれて囲いのようになっているところがあるんだよ。傍に大きな木が立っていて、こんもりとした枝が覆い被さるように張り出して屋根みたいになっているんだ。それを見つけたあいつらが、秘密基地みたいだねって言いだして……」

「戻るぞ」

浦原が宏斗の腕を摑んだ。「そこに行ってみよう」

バイクに跨り、来た道を引き返す。

神社は自宅アパートからそう離れてはいない。だが、保育園や『すずらん』がある方角とは真逆に位置する。三ヶ月ほど前、市役所に用があって二人を連れて出かけた帰りに偶然立ち寄ったのだ。

記憶を必死に手繰り寄せて浦原に神社の場所を伝える。

だが、宏斗もあやふやな道筋を、果たしてあの二人が正確に覚えているだろうか。

不安と疑問を抱きつつ、頼むから今から向かうそこで二人揃って無事にいて欲しいと切に願う。

「着いたぞ。ここでいいのか？」

「うん」

バイクから降りてヘルメットを脱ぐ。路地裏に埋もれるようにして寂れた鳥居が立っていた。『苅部神社』と書いてある。何と読むのかはわからなかった。

「この先だ」

宏斗は鳥居をくぐって先を急ぐ。後ろから浦原がついてくる。

ぐねぐねと曲がった狭い石段がしばらく続き、間もなくして開けた場所に辿り着いた。

「あれだ！」

成人男性が二人がかりでようやく一つ持ち上げられるほどの直方体の石が煉瓦《れんが》のように組み上げられて、石垣が作られている。何のためのものなのか目的は定かでないが、その奥に巨木が立っていた。

どっしりとした幹は、五人の大人が両手をめいっぱい伸ばしても囲いきれるだろうか。立派な枝葉を四方八方に広げて太陽を遮り、木陰は昼間でも薄暗いほどだ。その分、ところどころ隙間からこぼれ落ちる緑の木漏れ日が神秘的な光を放っている。

石垣に囲まれたそこに二人がいるのかは、まだここからは確認できない。

「羽海！　空良！」

叫ぶが、返事が聞こえてこない。やはりここにもいないのだろうか。ドキドキしながら、宏斗は息を切らせて駆けつける。どうか、二人ともそこにいてくれ――。

「――！」

全身の力が抜けて、その場に頽《くずお》れそうになった。

「……羽海、空良……っ」

石垣を背にして座り、二人は仲良く寄り添うようにしてすうすうと寝息を立てていた。尻の下には遠足用のビニールシートが敷かれ、リュックサックから取り出した袋菓子を食べ散らかした形跡がある。懐中電灯まで持ち出していた。

ホッと安堵したようなため息がすぐ傍で聞こえる。

「よかったな、無事に見つかって」

浦原の言葉に、一度は堪えた涙が再び込み上げてきそうになった。

「うん。まったく、こんなことして……羽海、空良！」

しゃがんで二人を呼び起こす。先に羽海が身じろいだ。目を擦《こす》り、ぱちぱちと瞬く。

「……ヒロくん？」

「そうだよ」

まだ意識が完全に覚醒していないのだろう。寝ぼけまなこで宏斗を見て、しばらくぼんやりしていた羽海がハッとしたように辺りをキョロキョロと見回した。まだ眠っていた空良を乱暴に揺すり起こす。ようやく目が覚めた空良も、状況を思い出したのか、目の前に宏斗がいることに驚いていた。

「ヒ、ヒロくん！　何でここがわかったの」

「ぼくたち、ここにいること誰にも言ってないのに」

「二人の考えることぐらい何でもお見通しなんだよ。このバカども！　こんな手紙を残して急にいなくなって、みんながどれだけお前たちのことを心配したと思ってるんだ！」

久々に出した厳しい声に、二人がビクッと小さな体を硬直させた。

「僕たちは二人で生きていきます？　二人で生きていけるわけないだろ！　それに、お前たちがいなくなったら俺はどうすればいいんだよ。俺を一人にして置いていくのか？」

「だ、だって、ヒロくんは、お見合いの人がいるもん……っ」

「ぼくたち、ヒロくんのコブになりたくないんだ！」

「コブ？」

意味がわからず訊き返すと、双子の口から予想外の言葉が飛び出した。

「お見合いって、結婚するってことでしょ？」

「ぼくたちみたいなコブつきだと、ヒロくん結婚できなくなっちゃうんだもん」

宏斗は思わず背後を見上げた。浦原と視線を交わす。さすがの彼も呆気にとられているようだった。

「コブつきなんて、どこからそんな言葉を聞いてくるんだよ」

「前に、商店街の魚屋のおばさんがお客さんと話してた」

「ササヤマさんちの息子が、コブつきだから、お見合いを断られたって」

「コブつきって何かわかんなかったから、タバコ屋のおばあちゃんに訊いたの」

「そしたら、邪魔な子どもたちのことだって」

おそらく、姉と暮らしていた頃の話だろう。子どもはどこで大人の話を聞いているかわからない。

「それに、ママが言ってたんだ」

双子がしゅんと俯き、揃って宏斗にかわいらしいつむじを見せて言った。

「ヒロくんも、いつかは結婚して、赤ちゃんが生まれるんだって」

「でも、そうしたらヒロくんはその子のパパになるんでしょ？」

「ぼくたちがいたら、ヒロくんの邪魔になっちゃう……」

「そんなわけないだろ！」

思わず怒鳴っていた。ビクッと震えた双子が怯《おび》えたように顔を上げた。二人がぎゅっと小さな手を取り合っているのを見て、自分が心底情けなくなる。

「何でそんなふうに思うんだよ。俺がお前たちのことを邪魔に思うわけないだろ。頼むからそんな悲しいこと言うなよ」

こんなに大事に思っているのにと、二人をきつく抱きしめた。ひくっとどちらかが腕の中で喉を鳴らす。それが合図になり、二人は堰《せき》を切ったように大声を上げて泣き出した。

「ほ、本当はヤダ！　ヒロくんが他の子のパパになるのイヤだ！」

「ならないよ。余計な心配させてごめんな」

「他の人、いらない！　ぼくたちだけがいい！」

「うんうん、そうだな。心配しなくても大丈夫だよ。これからもずっと三人で仲良くやっていこうな」

「俺は仲間に入れてもらえないのか？」

背後から声が問いかけてきて、宏斗はハッと顔を上げた。双子も張り上げていた泣き声をぴたりと止める。

振り返ると、浦原が少し拗ねたみたいな様子で三人を見ていた。

「俺のことを忘れないでくれ」

「——あ。浦原先生も、二人のことを物凄く心配してくれたんだぞ。一緒になってずっと捜してくれていたんだ」

ひっくと嗚咽《おえつ》を漏らしながら、宏斗の腕の中から双子が浦原を見上げた。

「……先生、ごめんなさい」

「……ごめんなさい」

「もう家出はナシだぞ。何かあったら、俺にも相談してくれ。三人じゃなくて、四人だ。俺だって二人と宏斗先生のことを大事に思ってるんだぞ？　仲間はずれにしないでくれ」

しゃがんだ浦原が宏斗を間に挟んで彼らの頭を撫でた。

「今回のことは俺もちょっと怒っているんだ。見合いの話は俺も知らなかった。びっくりしたよな？」

浦原の言葉に双子がこくんと頷く。

「昨日、ヒロくんが言ってた。ぼくたちなんかを連れて、お見合いには行けないって」

「え？」

宏斗は面食らった。思い当たる節があり、それが彼らにとって決定打になったのだとようやく腑に落ちる。

「あれは、かわいいお前たちを連れて行ったら、絶対に相手の人に気に入られちゃうだろ？　そうしたらいろいろと困ったことになるだろうから、お留守番してもらったんだ。でも、ごめんな。最初からちゃんと俺が話していれば、二人が誤解することもなかったのに」

「……そうだよ」

「……黙ってるヒロくんが悪い」

「うん、俺が悪かった。ごめんなさい」

「ヒロくん、先生にも謝らないと」

「先生も、びっくりしたんだもんね？」

話の矛先が思わぬ方向にむき、宏斗は押し黙ってしまう。おずおずと振り返り、すぐ後ろにあった浦原の顔にぶつかりそうになってぎょっとした。

「わっ、ご、ごめん！」

もう少しで唇と唇がくっつくところだった。

慌てて首を戻すと、双子が「先生、ヒロくんのこと許してあげて」と、今のを謝罪と認めて浦原にお願いする。

「……わかった」

背後から低くて優しい声が言った。微かに笑ったような吐息も混じっていて、宏斗はカアッと顔が熱くなる。

子どもたちの頭を愛しそうに撫でる大きな手が、自分の顔の両側にある。何だか宏斗まで浦原に抱きしめられているような気がして、こんな時なのに胸を高鳴らせてしまった。

宏斗たちが迎えに来てホッと安堵したのと、泣き疲れたのだろう。

羽海と空良は再び仲良く寝入ってしまった。

浦原が双子は無事に見つかったと鈴本たちに報告してくれて、宏斗も電話を代わってもらい何度もお礼を伝えた。聞けば、十人近い人数であちこち捜し回ってくれていたらしい。

ありがたいことだ。本当に感謝してもしきれない。

すでに太陽は随分と傾き、西の空を残して頭上は薄墨色に染まっていた。

少し肌寒くなってきたようだ。上着を脱いでぐっすり寝入っている子どもたちに掛けてやる。宏斗が空良を、浦原が羽海を負ぶって神社を後にした。

「大丈夫か、ここは石が割れているから気をつけろよ」

石段を下りながら、前を行く浦原が常に宏斗を気遣ってくれる。さすがに熟睡した五歳児の体は重く、浦原と比べて体力のない自分を情けなく思う。息を切らしながら一歩一歩慎重に足を進め、ようやく階段を下り切った。

「浦原さん」

止めてあったバイクの前で、柄の悪そうな男が二人立っていた。

「おう」と、浦原が声を返す。

「お疲れ様ッス」

「ツインズ見つかってよかったッスね」

会話から、彼らが双子を捜してくれていた浦原の知人なのだと察した。どういう関係なのかと不思議に思っていたが、何となくつながりが見えた。

「鈴本のアニキが電話をくれって」

「蘭丸が？　おい、この子をちょっと預かっていてくれ。そっと持てよ。気持ち良さそうに寝てるんだから起こすんじゃないぞ」

「ウッス」と、浦原に負ぶさっていた羽海の体を二人がかりで慎重に剥《は》がす。その後をどうしていいのかわからなかったらしく、片方の男がなぜか羽海をお姫様抱っこにした。浦原に言われた通り、腕の中の子どもを起こさないように息を詰めてその場に硬直している。

浦原が鈴本と電話中なので、宏斗は羽海を抱えてくれている二人の傍に歩み寄った。

「ぐっすり寝てるんで、少しくらいうるさくても起きないから大丈夫ですよ。今日は本当にありがとうございました」

礼を言うと、二人が宏斗を見て慌てた。

「いえいえ、無事でよかったッス」

「五歳で家出ッスもんね。なかなか肝の据わった坊ちゃんたちですよね」

一番年下らしい彼の足を、羽海を抱えたもう一人が思いっきり踏み付けた。

「バカやろう！　小玉さんの気持ちを考えてみろよ！　子どもが二人揃っていきなりいなくなったんだぞ」

「す、すみません」

涙目で謝る彼に、宏斗はいえいえと苦笑する。

「お二人は、浦原先生とは……？」

「ああ、俺たちは中学と高校の後輩なんスよ。アニキにはいろいろと世話になってて」

「特に、浦原のアニキは俺のせいで高校を中退しているもんですから、本当に頭が上がらないというか。感謝してもしきれないんですよ」

羽海を抱えた方がチラッと振り返って、浦原の後ろ姿を眺めた。

「俺なんかをかばってケンカして、最後は全部一人で罪被って学校を去って行きました。スゴイ人なんですよ。俺の恩人です。今は保育士をしてるって聞いて、ちょっとビックリしてたんですけどね。けど、さっきこの子を負ぶってる姿を見たら、案外こっちの方が似合ってるんじゃないかなって思いました」

初耳の話に、宏斗は驚いた。だが、妙に納得してしまう。面倒見がよく兄貴肌なところは昔からなのだろう。今でもこうやって慕われているくらいだ。

「それに」と、彼が続けた。

「大切な人を見つけたみたいですしね」

「え？」

「俺たち、アニキから何て呼び出されたと思います？　『うちの双子がいなくなった。一緒に捜してくれ』って、言われたんですよ。アニキが結婚したなんて聞いてなかったんで、みんなビックリですよ。いつの間に子どもまで生まれてたんだって」

「そ、そうだったんだ？　浦原先生にはこの子たちも本当に懐いてて、先生もかわいがってくれてるから。二人の姿が見えなくなって、たぶんすごく動揺してたんだと思う。何か、ごめんね。いろいろとお騒がせしてしまって」

「いえいえ。というか、別に間違ってないですよね？」

「うん？」

「だって、アニキの大切な人って……」

中途半端に言葉を切って、二人がじっと宏斗を見つめてきた。

「……え？」

彼らの眼差しが何を告げているかを察した途端、ボッと顔が火を噴いたみたいに熱くなるのが自分でもわかった。

「ちょ、ちょっと待って……」

「いやいや、何も言わなくてもいいッスから！」

宏斗の言葉尻に被せるようにして、彼らが首を横に振りながら言った。

「そういうのは、わかってるんで。俺たちも野暮なことは聞きません」

「安心して下さい。俺たち、お二人の味方なんで！　応援してますから！」

益々顔が熱くなる。

その時、「悪い。待たせたな」と、電話を終えた浦原が戻ってきた。バチッと目が合ってしまう。

「――！」

カアッと顔が熱くなり、自分がゆでだこにでもなったかのような気分だった。日が暮れていてよかった。全身が真っ赤に染まってそうだ。

場の空気に違和を感じ取ったのか、浦原が怪訝そうに問いかけた。

「どうかしたのか？」

「いえ、何でもないッス。アニキ、坊ちゃんをおんぶしますか」

「その呼び方はやめろって言っただろ。起こさないように気をつけて、そっと乗せろよ」

ぐっすり寝入っている羽海を、やはり二人がかりで慎重に浦原の背中へと戻す。

「それじゃ、俺たちはこれで」

「ああ、助かった。みんなにも礼を言っておいてくれ」

「本当にありがとう」

宏斗も頭を下げると、二人は照れ臭そうに笑いながら会釈を返してくれる。浦原と宏斗がここまで乗って来たバイクに今度は彼らが跨り、薄闇の中へと消えて行った。

「俺たちも帰るか」

浦原が踵を返す。宏斗も頷き、同じ方角へ爪先を向ける。だがすぐに浦原は立ち止まって、隣を歩く宏斗を心配そうに見つめてきた。

「大丈夫か？　まだアパートまで結構歩くぞ。むこうから大通りに出てタクシーを拾うか」

空良をずっと負ぶっている宏斗を気遣ってくれているのだ。

「平気だよ。そっちこそ大丈夫か？」

「俺はまったく問題ない。だけど宏斗先生はスーツに革靴だろ？　そっちの荷物をくれ。俺が持つから」

確かに、強がってはいるもののかなり足にきている。着慣れない服装も動き辛い。ここは素直に彼の厚意に甘えて、空良のリュックサックを浦原に渡した。腕に引っ掛けていたせいで左手が痺《しび》れている。浦原は二人分のリュックを両腕に提げていたが、まだ余裕がありそうだった。

「ありがとう。助かる」

浦原が唇をふっと笑みの形に引き上げた。

気持ち良さそうに寝息を立てる子どもを負ぶり、浦原と肩を並べて歩く。

いつの間にか頭上はすっかり紺色に覆われて、遠くに黄色い飴玉のような小さな丸い月が浮かんでいた。

どこかから、虫の声も聞こえる。

「秋だな」

ぽつりと浦原が言った。

「そうだな。もう十月も終わるし」

「来月は遠足があるんだよな？」

「うん。春の小遠足は徒歩だけど、秋の遠足はバスに乗って行くからちょっと遠出だな」

しばらく他愛もない会話を交わしながら夜道を歩く。

信号を渡り、再び静かな住宅街に入った頃を見計らって、浦原が静かに切り出した。

「この子たちの置き手紙を読んだ時、一瞬、頭の中が真っ白になった」

宏斗は弾かれたように隣を見た。浦原が真っ直ぐ前を向いたまま、続ける。

「どうして見合いなんかするのかと、宏斗先生に怒りを覚えた。もうてっきり、俺の気持ちは伝わっているものだとばかり思っていたからな。男同士だから、正直勝手がよくわからなかったというのもある。だけど、お互い意識しているのは明らかだったし、宏斗先生も俺のことを――と、自惚《うぬぼ》れていたんだ。だから余計にショックだった」

「…………」

ふわりと体温が上がるのが自分でもわかった。背中から伝わってくる空良の規則正しい心音とは違い、不規則に跳ね上がる自分の鼓動に戸惑う。このドキドキが伝わって、空良が起きてしまったらどうしようかと考える。

黙っている宏斗をどう取ったのか、浦原の声が僅かに低まった。

「きちんと、自分の気持ちを言葉にして伝えなかったことを後悔した。まさか、他の人と結婚する意思があったなんて思わなかったから、本気で焦ったんだ。蘭丸から珍しく宏斗先生がスーツを着込んでいたと聞いて、ますます焦った。何で黙って勝手に見合いを受けているんだとか、子どものことなら一緒に協力して二人で育てていけばいいじゃないかとか、俺じゃダメなのかとか、短い時間にいろんなことが頭の中をめぐって、早く子どもたちを捜さなきゃいけないのにパニックになりそうで参った」

「……ごめん」

思わず言葉が口をついて出た。

「この子たちにも、それから浦原先生にも、余計な心配をかけたくなかったんだ。俺の気持ちはもう最初から決まっていたし、お見合いもとっくに断っていた。だけど今日は事情があって、食事だけという約束で会うことになったんだ。たった数時間のことだし、ややこしい説明をしてこの子たちを変に不安にさせることもないと俺が勝手に判断して嘘をついた。それが結局、こういうことになっちゃったんだけど」

最初から浦原も交えて事情を話していれば、双子の不安を煽《あお》ることもなかったし、こんな騒動にはならなかったはずだ。浦原に関しては、今回の件は宏斗のひどい裏切り行為に映ったかもしれない。逆の立場になって考えると、やはり宏斗だって同じようにショックを受けるはずだ。それくらい、自分たちは親密だった。

言葉はなくても心で通じ合っていると思い上がってしまうのは、人間のエゴなのかもしれない。どんなに想っていても、それを口に出さなければ相手に伝わることはなく、はっきりした言葉がなければその関係性はいつまでも現状維持のままだ。大人になればそれがかえって都合よく、心地いい場合もある。だが、今は違う。

互いに変えたいと願っているのがわかる。

「宏斗先生」

浦原がふいに立ち止まった。宏斗も足を止める。街灯に照らされた往来で向かい合う。

「俺は、宏斗先生のことが好きだ」

「――！」

わかっていたようでいて、いざ実際に耳にすると、物凄く破壊力のある言葉だと思った。

心臓がばくばくと音を立てる。浦原の真っ直ぐな気持ちが、どうしようもないくらいに嬉しい。

「……今日さ」

宏斗は浮き立つ心を抑えながら言った。

「レストランで一緒だった彼女に、フェルトのうさぎりんごをかわいいって褒められたんだよ。それが凄く嬉しくて、ちょっと……いや、かなり自慢してしまった。たぶん、むこうも気づいてたんじゃないかな。それを作った人が、俺の好きな人なんだって」

ポケットからキーケースを取り出したかったけれど、空良を支えているので難しかった。

一瞬、面食らったような顔をした浦原を見つめて、宏斗は自分の気持ちを伝えた。

「俺も、浦原先生のことが好きだ」

自然と笑みが浮かぶ。

浦原は反対に、くしゃりとどこか泣き笑いにも見える表情をしてみせた。

「浦原先生、さっき言ってたことは真に受けてもいいのかな?」

「さっき?」

「三人じゃなくて、四人だって言ってくれただろ? あれ、本当に嬉しかった。羽海も空良も嬉しかったと思う。改めてだけど、先生にも、俺たちの家族になってほしいんだ」

浦原が息を呑んだのがわかった。

「……なりたい。俺も家族にならせてくれ」

僅かに声を詰まらせる。

「ずっと、家族というものに憧れていたんだ。宏斗先生と羽海と空良は、俺の理想の家族だった。その中に俺も入りたくて、どうにかして混ざりこもうとするんだが、でもやっぱり三人は家族だけど、俺はお客さんという感じが拭えなくて、寂しかった。もっと俺を頼って欲しいし、俺も三人を支えたい。頑張っている宏斗先生の、支えになりたいんだ。宏斗先生は、今の自分の目標は子どもたちを立派に育てることだと言っていただろ？　俺にもその目標を一緒に叶えさせてほしい。この子たちの成長を一緒に見守っていきたい。子どもはどんどん大きくなっていずれは自立するだろうけど、俺はずっと宏斗の傍にいるから」

浦原が宏斗を真っ直ぐに見据えて言った。

「一緒に歩いていこう」

嬉しくて胸が詰まった。涙腺が弛む。

込み上げてきた涙を堪えるように大きく息を吸った。吐き出すと同時に笑みが零れる。

「……うん。ずっとずっと、傍にいてほしい」

「もちろんだ。離れてくれと言われても、絶対に離れてやらない」

浦原の言葉に、思わず笑った。

「安心しろよ、そんなことは言わないから」

「本当だな？　たぶん、俺はこの子たちよりもヤキモチ焼きだぞ。ヘンな虫がお前の傍をうろついていたら、少々かわいくないことをしてしまうかもしれない」

何をするつもりだと、物騒なことを言い出す浦原を軽く睨《にら》み上げた。

「……冗談だ」

「冗談に聞こえない」

「冗談じゃないからな」

「どっちだよ」

一瞬の間があって、プッと二人同時に吹き出した。

ひとしきり笑った後、ふっと空気が変化するのがわかった。視線を上げると、待ち構えていたように浦原と目が合う。

「今日は邪魔をされないな」

どういう意味かを訊き返すほど鈍くはない。

ひとけのない夜道には、鈴虫の音だけが響いている。互いの背中からは気持ち良さそうな寝息が聞こえていた。

「…………」

声を出さずに微笑み合うと、どちらからともなく唇を寄せて初めてのキスを交わした。


小玉家の朝は時間との戦いだ。

「二人とも、顔洗った？」

「洗った！」

「だったら早くこっちにおいで。急いでごはん食べないと、間に合わないぞ」

「はーい！」

タカタカと走って戻ってきた双子は、まだ半分パジャマのままだった。

「おい、着替えろって言っただろ！　何やってんだよ、もう。羽海、ズボンを穿《は》き変えて靴下履きなさい。空良は上を脱いで、これを着て」

もたもたする子どもたちの尻をペチペチ叩いてやると、なぜかキャッキャと喜ばせてしまい、ちゃぶ台に着かせるまでが一苦労だ。二人がごはんを食べている間に、今度は宏斗が身支度をして、時計とにらめっこをしながら三人で転がるように家を出た。

つばさ保育園に到着すると、ようやくホッと息をつく。何とか今日も遅刻せずに済んだ。

「あっ、ウガトラ先生！」

「先生、おはよう！」

双子が嬉々として駆け出していく。ちょうど園舎から出てきた浦原は、すでにエプロンを着けて保育士の顔をしていた。もうすっかり馴染《なじ》んでいる。

「こら、おはようございますだろ」

宏斗は注意したが、羽海も空良も聞く耳を持たない。短い足を目一杯動かして、突進していく。両手を開いて待ち構えていた浦原に飛びついた。

「おう、おはよう。今日も揃って元気だな」

「先生、このエプロン！」

「ああっ、本当だ！」

二人が目敏《めざと》く気づいた。先日、浦原と一緒にショッピングモールに出かけた際に、双子が選んだエプロンである。食いしん坊の彼らお勧めの鯛焼きがプリントされたものだ。

「先生、よく似合ってるよ！」

「うん、ばっちり！」

「そうか？　二人が選んでくれたからな」

大きな手に頭を撫でられて、二人はくすぐったそうに首を竦《すく》めている。

「あのね、先生」

羽海と空良が声を潜めて浦原に内緒話をするみたいに言った。

「今日の夜ごはんは、ヒロくんがお鍋にしようって」

「四人でお鍋をするの初めてだよ！　楽しみだね」

「ああ、楽しみだな」

浦原が切れ長の目を細めて双子を愛おしそうに抱き寄せる。下駄箱に走っていく二人を見送って、浦原が立ち上がった。

振り返り、宏斗を見つけるとふっと優しく顔をほころばせた。

「おはよう、宏斗先生」

この顔を怖いと思ったこともあったなと、宏斗は少し昔を懐かしむ。今ではそんなふうに感じたことが嘘のようだった。彼は宏斗にとって世界でただ一人の、家族思いでとても優しいパートナーだ。

「おはよう、浦原先生。そのエプロン、かわいいよな。子どもたちにも喜ばれそう」

軽く目を瞠った浦原が、少し照れ臭そうに首筋を擦った。

「あの子たちが選んでくれたものだからな。実はフェルトの鯛焼きを作ってくれって頼まれているんだ。カバンのマスコットも冬仕様にしたいらしい。今、どう作ればより美味しそうな焦げ目に見えるかを模索中なんだ」

真剣に語られて、宏斗は思わず吹き出してしまった。

「だったら参考に、今日はフクフクマーケットで鯛焼きを買って帰ろうか」

冗談めかして言うと、浦原が幸せそうに笑って、「そうだな」と頷く。

もう秋も終わりだ。

四人で過ごす初めての冬を想像する。楽しくなりそうだと、宏斗はキーケースのうさぎりんごを指先で撫でながらそっと頬を弛ませた。

パパたちのヒミツゴト

「ねえねえ、ヒロくん」

羽海《うみ》と空良《そら》が両脇から擦り寄ってきた。

宏斗《ひろと》はピンと勘を働かせる。こういう時の彼らは何かお願いがあると決まっている。オモチャを買ってくれだろうか。そういえば、双子が大好きな戦隊ヒーローの変身グッズが発売になっていた。新バージョンのそれをテレビCMで観て、彼らが目を輝かせていたことを思い出す。——あれか？

しかし、双子は宏斗の想像とはまったく違ったお願いを口にした。

「あのね、今度の日曜日と月曜日、お休みでしょ？」

羽海がカレンダーを指差した。

今日が日曜なので、今度というのは来週の話だ。気が早いなと思いつつ、宏斗もカレンダーに目をむける。確かに赤い数字が並んでいて連休。保育園も休みである。なるほど、遊びに連れて行けというわけか。

「そうだな。何の日でお休みなんだっけ？」

ハッとした二人がタカタカ走って、競うようにカレンダーを確認する。

「キンロウカンシャの日！」

「正解。で？　二日間のお休みをどうしたいんだ？」

「あのねあのね」と、双子がいそいそと戻ってきた。

洗濯物をたたんでいた宏斗の膝《ひざ》にぺったりと両手をついて、同じ顔が覗《のぞ》きこんでくる。

「ランマルくんちにお泊りしてもいーい？」

「お泊り？」

宏斗は思わず手を止めた。

「うん！　あのね、ランマルくんが電車を見に連れてってくれるって」

「電車？」

「うん！　ランマルくんちにいっぱいあるようなヤツ！」

「ああ、メガレールのことか」

喫茶『すずらん』の店長鈴本《すずもと》は、メガレールをこよなく愛する二十七歳だ。宏斗も一度お邪魔したことがあるが、店舗兼自宅の秘密部屋には少年の心を大いにくすぐる光景が広がっていて、部屋中に敷き詰められたプラスチックの線路を列車模型が走る姿は圧巻だった。

五歳の男の子たちが興味をそそられないわけがない。

初めて見せてもらって以来メガレールの虜《とりこ》になった双子は、それからもちょくちょく鈴本宅へ遊びに行っていた。おかげで、今では宏斗も『すずらん』の常連だ。

今日も、午後から二人を連れて散歩がてら店に立ち寄ったばかりだ。店内には浦原《うらはら》が待っていて、お茶をした後は四人でこのアパートに戻ってきた。一緒に夕飯を食べた後、子どもたちは浦原と一緒にお風呂まで入り、ついさきほど、ほかほかの彼を見送ったのである。

せっかく温まったのに湯冷めして風邪をひかないだろうか。頑丈な体は病気とは無縁のようにも思えるが、やはり心配だ。十一月に入り、そろそろ季節も冬支度を始める頃。夜はぐんと冷えるようになっていた。

宏斗はちらっと時計を確認して、想いを馳《は》せる。浦原はもう自宅に着いただろうか。

「ねえ、ヒロくん。いいでしょ？」

パジャマ姿の二人が甘えるようにして宏斗の膝の上にころんと頭をのせた。

「お泊りって、鈴本くんちにお泊りするのか？」

「うん、四人でお泊り」

「四人？　まさか俺と浦原先生も入ってる？　そんな話は聞いてないけど……」

その時、電話が鳴った。軽やかな電子メロディに会話を中断させられる。「空良、机の上に電話があるから取ってくれる？」

「うん」と、猫みたいにごろごろと膝枕をしていた空良が立ち上がり、ちゃぶ台からスマートフォンを持って戻ってきた。

液晶画面を確認して少し驚く。噂をすれば何とやらというヤツだ。

「もしもし、鈴本くん？」

双子が「ふおっ！」と揃《そろ》って変な声を上げた。キラキラとドングリまなこを輝かせて袖を引っ張ってくる二人を引き剝《は》がし、「ちょっと静かに」と落ち着かせる。

「ごめんね、うるさくて」

『いやいや、賑《にぎ》やかでいいよねえ』

電話越しに、鈴本がおかしそうに笑った。

「同じのが二人もいるとダブルで騒がしいから大変だよ。今、ちょうど鈴本くんの話をしてたところだったんだ。何だか、この子たちがお泊りしたいって言い出すから」

『ああ、そうそう。その話で宏斗くんに電話したんだよ』

鈴本が言った。

『来週の連休に、列車関連のイベントがあるんだよね。それに俺ともう一人とで行く予定にしてたんだけど、双子くんたちも一緒にどうかなと思ってちらっと誘ってみたんだよ。俺たちの話を興味津々の顔でじっと聞いていたからさ』

ちなみにそのもう一人というのは、先日、家出をした羽海と空良を一緒に捜してくれた青年だ。寅吉《とらきち》といって、浦原と鈴本の学生時代の後輩にあたる。あれ以来、彼は『すずらん』にしょっちゅう顔を出しているらしく、双子とも仲良しになったそうだ。

『二人は乗り気だったけど、宏斗くんの許可がないと勝手には連れて行けないからね』

「一緒に連れて行ってもらえるなら、こっちとしてはありがたいんだけど。二人ともすっかりその気だし。でも、迷惑なんじゃ」

『いやいや、こっちは全然。二人ともいい子だし、同じ趣味を持つ仲間として、一緒に遊べたら楽しいだろうし。毎年、親子連れもたくさん訪れるイベントだからね。子どもが楽しめるブースも多い。いっぱい遊んだら、その日は二人ともうちに泊まったらいいよ』

二人？　宏斗は首を傾《かし》げた。

「二人って、羽海と空良だけで？」

『うん。こっちは俺と後輩で独身男二人だけど、まあ何とかなるよ。双子くんたち、宏斗くんの躾《しつけ》がいいから自分のことはちゃんと自分でできるし』

なるほど、四人とはそういう面子《メンツ》だったらしい。

「だけど、一日この子たちのお守りをしたら疲れるよ。お泊りまでさせてもらったら、鈴本くんたちが大変だと思う。イベントに連れて行ってもらうだけで十分。帰ってくる頃になったら迎えに行くから」

『そんな心配しなくても大丈夫だって。それよりさ、もう一人の大きい子どもの方を心配してやってよ』

「え？」

訊《き》き返すと、何やら深刻そうなため息が返ってきた。

『俺の親友が、欲求不満でそろそろ編み物にまで手を出しそうなんだわ。あんな顔してセーターとか編み出したら怖いでしょ。だからさ』

鈴本が急に声を潜めて何かを企《たくら》むみたいに言った。

『たまには宏斗くんたちも、二人きりでデートでもしておいでよ』

「——デッ、デート⁉」

思わず声が引っくり返った。顔は見えなくても、鈴本が回線の向こう側でにやついているのがわかる。

『何を今更。付き合ってるんでしょ？　子どもがいたら、いろいろヤリたくてもなかなかできないだろうからねえ』

「——！」

カアッと頬《ほお》を上気させた宏斗の耳に、ゲラゲラと鈴本の愉快げな笑い声が鳴り響いた。


浦原からとっくに話は聞いていたのだろう。

しかし鈴本は、宏斗の前ではその話題を一切持ち出さなかったので、油断していた。

——たまには宏斗くんたちも、二人きりでデートでもしておいでよ。

どうやら、なかなか二人になれない宏斗と浦原に気を遣ってくれたらしい。

翌週、日曜日。

羽海と空良はお泊りグッズを詰め込んだリュックを背負って、ウキウキとしながら出かけて行った。アパートまで鈴本たちが車で迎えに来てくれたので、宏斗は往来で見送りだ。

「いってらっしゃい。ちゃんといい子にしてるんだぞ。迷子にならないようにな」

「はーい！」と返事だけは立派だ。

「大丈夫だよ、ヒロくん。ぼくたちいい子にしてるから」

「迷子にならないように気をつける。ランマルくんとトラくんの傍《そば》から離れないのを約束するよ」

助手席に座った鈴本がブハッと笑った。運転手の寅吉は「いやあ、かわいいっスねえ」と脂下《やにさ》がっている。

「ヒロくん、お土産買ってくるからね！」

「いってきまーす！」

「いってらっしゃい。気をつけてな」

車が発進する。宏斗は手を振って四人を見送った。去り際に、窓から身を乗り出した鈴本が、ニヤリと人の悪い笑みを浮かべて「頑張って」と宏斗に耳打ちしてきたこと以外は、予定通りに出発する。

一旦家に戻ると、鏡に映った自分の顔はうっすらと紅潮していた。

「……マズイ。こんな露骨な顔してたら、絶対に変に思われる」

宏斗は慌てて自分の頬を両手でピシャリと叩《たた》く。ジャブジャブともう一度顔を洗って、気を引き締めた。

付き合い始めてもうすぐ一ヶ月、これから浦原との初デートなのだ。

待ち合わせは駅前だった。

浦原に双子と鈴本たちの話をしたら、それなら自分たちも出かけようかと言い出したのだ。宏斗から誘うつもりだったが、先を越されてしまった。

二人きりで外で待ち合わせをするのは、今日が初めてだった。スーパーやデパートに出かけることはあっても、主な目的は食糧調達である。単純に遊びに行くのは初である。世間ではこれをデートと呼ぶ。

恋人として付き合っているのに、一ヶ月経《た》ってようやくそれらしいイベントに辿《たど》り着いたわけは、やはり子どもたちの存在が大きい。あの子たちのことを最優先にしてくれる浦原だからこそ、宏斗も強く惹かれたのだ。

休日の駅前は若者で溢《あふ》れていた。

観たい映画があったので、今日は遠出をせずに近場でのんびりしようという話になったのだ。駅で待ち合わせをしたのも、何となく、いつもとは違う恋人感を出してみたかった。

人込みの間を縫うようにして、急ぐ。

出かける直前まで鏡と向き合って服装や髪型のチェックをしていたら、余裕があったはずの時間がギリギリになってしまった。

息を切らして辿り着くと、待ち合わせ場所に一人ずば抜けて大きい男が立っていた。

黒のジャケットとパンツに白とグレーのカットソーを合わせており、ただでさえ背の高い男が益々すらっとして縦長に見える。肩幅も胸板もあるせいか、その立ち姿にはただ者ではない独特のオーラがあり、行き交う人々が男女問わずちらちらと気になる素振《そぶ》りで視線を送っていた。が、そのほとんどが彼の強面《こわもて》を認めた途端、サッと目を逸《そ》らしてしまう。

浦原は眉間《みけん》に皺《しわ》を寄せて、周囲にガンを飛ばしていた。

あれは別に誰彼構わず威嚇しているわけではなく、おそらく人込みに紛れているかもしれない宏斗の姿を探しているのだろう。知り合ってから二ヶ月程度だけれど、彼の表情を読む術《すべ》には他の誰よりも自信があった。

吊り上がった目でギロッと辺りを観察していた浦原と、唐突に目が合った。

途端に、浦原がふっと表情を和ませる。

基本がポーカーフェイスなので、ほんの僅《わず》かな差だが、周りの人の中にも変化に気づいた者はいたかもしれない。宏斗の目には、この上なく嬉《うれ》しそうに微笑《ほほえ》んでいる浦原の姿が映っていた。

「ごめん、遅くなって。待った？」

十数メートルの距離を小走りで駆け寄ると、浦原が首を左右に振った。

「いや、全然。俺も今着いたところだ」

それが本当かどうかは定かではないが、待ち合わせ時間ぎりぎりに到着したことを、浦原は気にしていないようだった。わかりづらいが口角がずっと上がっている。目尻もいつもより数ミリほど下がり気味だ。いつになく機嫌がいい。

「それじゃ、行くか。映画館だよな」

「うん。久々だな、洋画を観るの。最近観たのが、あの子たちの好きなアニメだったから。その前になると、もういつ映画館に行ったか思い出せないくらいなんだよ。前は、お金があったら舞台を観に行ってたからなあ。浦原先生は？　映画はよく観るの？」

「いや、俺もあまり行かないな。気になるタイトルがあっても、気づいたらもう上映期間が終了していることがしょっちゅうだ」

「ああ、わかる。俺もそういうことが多いかも。浦原先生は今日、他にどこか行きたいところがあるのか？」

歩きながら訊《たず》ねる。すると浦原が一瞬黙り込み、何かを考える素振りを見せてゆっくりと口を開いた。

「……その呼び方、止《や》めないか？」

「え？」

「せっかく二人なんだ。先生ではなくて、名前で呼んでくれ」

宏斗は思わず押し黙ってしまった。浦原がちらっと物言いたげにこちらを見やる。

「子どもたちの前では仕方ないが、二人きりの時までそれだと何だかよそよそしく感じられて、寂しい」

ガラにもないことを拗《す》ねたような口調で言われたことに驚いた。うっかりかわいいなと思ってしまった自分にびっくりし、急に体がカッカと熱を持ちはじめる。照れ臭さを誤魔化すみたいに、宏斗は首筋をしきりに擦《こす》った。

付き合っているのだから、別に名前で呼ぶくらい普通だろう。何でこんなに緊張するのだろうか。

「あ……うん。そ、そうだよな。じゃあ、えっと……い、伊澄《いすみ》」

ちょうど、横断歩道の信号が赤に変わった。立ち止まった浦原がこちらを向く。

「うん？　何だ、宏斗」

嬉しそうに微笑む彼を見て、ボンッと自分の顔が爆破したかと思うほど熱くなる。

気づけば周囲で信号待ちしているのは、男女の若いカップルばかりだ。これ見よがしにべったりと寄り添う彼らに囲まれていたたまれなくなる中、宏斗の頭に鈴本の声が蘇《よみがえ》る。

——子どもがいたら、いろいろヤリたくてもなかなかできないだろうからねえ。

やはり、今日はそういうことなのだろうか？

浦原も思うところがあって、宏斗をデートに誘ったのだろうか。宏斗だって別にプラトニックな関係を望んでいるわけではないので、いずれはそういうことになるだろうとは考えている。覚悟もできているつもりだ。正直に言うと、鈴本に電話越しに揶揄《からか》われてから今日まで、いつも以上に浦原のことを意識していた。昼も夜も子どもたちと一緒にいる姿を見慣れてしまっているせいか、浦原にはガツガツとした肉食のイメージがあまりない。だが、浦原もまだ二十七の男だ。性欲だって枯れていないだろう。

ドキドキしてきた。

いつもは二人の間をちょろちょろしている羽海と空良が不在だ。日中だけでなく、今夜は家に帰ってこない。浦原と夜まで二人きり。場合によっては、朝まで二人きり――。

「宏斗？　どうした、青だぞ」

肩を掴《つか》まれて、瞬時に現実に引き戻された。

「――あ、本当だ。ご、ごめん、何でもない。ちょっとぼんやりしてた」

「大丈夫か？」

「うん。こういう人込みを歩くの、久しぶりだから。人多いなって思って」

慌てて言い訳をする。一瞬よからぬ妄想をしてしまい、顔が赤くなっていないかと心配したが、浦原は納得したように頷《うなず》いた。

「そうだな。デパートとかの人込みとはまた違うし」

横断歩道を渡りながら、浦原がさりげなく半歩先を歩き、その長身で前から押し寄せる人の流れを遮ってくれていることに気づく。相変わらず優しい。体温がふわりと上がって、幸せな気分になる。

久々に訪れた映画館は混雑していた。

今日が封切りのタイトルを目当てに行列ができている。宏斗たちが観る予定の映画は公開日から随分と経っているので、劇場内は比較的すいていた。

前列に同年代のカップルが座っていて、照明が落ちて上映が始まるとスクリーンそっちのけでイチャイチャしだした。女性の方が男性の肩に頭をもたれて、時折耳元で囁《ささや》きながらつないだ手を撫《な》で合っている。

その様子が目の端にちらちらと入ってきて、全然スクリーンに集中できない。

「――――!」

ふいに右手に何かが触れた。

肘掛《ひじか》けにのせていた宏斗の手を浦原の手が探るように指先で触れてきたのだ。

びくっとする。暗がりに紛れて、あのカップルのように手をつながれるのだろうか。

心臓を昂《たか》ぶらせていると、ふっと顔の横に浦原の気配を感じた。胸が早鐘のように鳴り、思わず息を詰めると浦原が耳元で囁いてくる。

「……悪い。ジュースを取ろうと思ったんだが」

え？　と、咄嗟《とっさ》に声が出そうになった。浦原はカップホルダーから紙コップを取ると、何事もなかったかのようにストローに口をつけている。

拍子抜けした宏斗は、邪《よこしま》な勘違いをしてしまった自分を恥じた。込み上げてくる羞恥心にカアッと体中が熱くなり、いよいよ映画どころではなくなる。

意地で肘掛けから動かせなくなった右手に、もう浦原の手が重なることはなかった。ジュースを飲む際は、必ず手元を確認してからコップを取るようになってしまったからだ。

暗闇なら、男同士で手をつないでもばれないだろうに。浦原にはそういう下心はないのだろうかと、悶々《もんもん》と考えては落ち込む。以前、寅吉が双子と一緒に遊んでいる浦原を眺めながら、「アニキもすっかり丸くなりましたよねえ」と、微笑ましげな眼差《まなざ》しに少しの寂しさを滲《にじ》ませて呟《つぶや》いていたのを思い出した。昔は色恋沙汰に関してもギラギラしていたことを想像させるような口ぶりだったが、今の浦原はどちらかといえば善きパパという感じだ。

宏斗が同性であることも彼を慎重にさせてしまっているのだろうか。前の職場で保護者とトラブルがあったと聞いたが、それも彼の恋愛観に影響を及ぼしているのかもしれない。

鈴本はあれこれ言っていたけれど、どうやらこれは一線を越えるどころか、今日中に手をつなぐのも難しいかも――。

「思ったよりも設定が凝っていて面白かったな」

「……うん」

結局、観たかったはずの映画の内容がほとんど頭に残らないまま、劇場を後にした。二時間悶々と過ごした宏斗とは反対に、しれっとした顔で浦原が感想を語っていたのが悔しい。

街中を歩いていると、あちこちにカップルの姿が目立つ。手をつないだり腕を組んだり、浦原の話を聞きながら、仲良く寄り添っている他人の様子をぼんやりと目の端に流す。

宏斗と浦原は傍《はた》からはどういう関係に見えているのだろうか。同い年だが、宏斗は外見年齢が実年齢より幼く見られることが多く、逆に浦原は年上に見られがちだ。まさか強面の浦原が現役保育士だとは、擦れ違う人々の誰もが想像していないに違いない。

彼のよさを自分だけが知っているという優越感が、宏斗のもやもやした気持ちを少し晴らしてくれた。

普段は入らないような洒落《しゃれ》たレストランでのランチは、デートをしているという実感が湧《わ》いてくる。

他愛もないお喋《しゃべ》りをしながら繁華街を冷やかして歩き、子どもと一緒だと絶対に入らないセレクトショップにも立ち寄った。ゆっくりと試着をして自分の服を買ったのはどのくらいぶりだろう。浦原とこれはかっこいいけどゼロが一つ多い、あの柄は一体誰が買うんだろうと話しながら、いろいろ見て回るのは楽しかった。こういう感覚をしばらく忘れていた。

だが、やはり子供服の店の前に来ると二人とも立ち止まってしまう。

自分たちの服を選ぶ時よりも真剣に悩み、結局、店を何軒もはしごしてようやくこれというものを探し当てた。

「羽海と空良、喜んでくれるかな」

「喜ぶだろうな。大はしゃぎする様子が目に浮かぶ」

「だったらいいな」

手に持ったショップバッグを揺らすと、浦原が小さく笑った。

「嬉しそうだな。宏斗はあの子たちのことを考えている時が一番生き生きしてるからな」

「そ、そうかな？」

「ああ。つくづくこの家族はいい家族だなと思うよ」

「……他人事《ひとごと》みたいに言うなよ」

ムッとして、宏斗は浦原を軽く睨《ね》めつけた。

「自分もその一員なんだから。羽海や空良が聞いたら怒るぞ。俺だって、怒る」

浦原が一瞬押し黙り、思い直したように口を開いた。

「……そうだな。悪かった、訂正する。俺たちはいい家族だと思う」

「それならよし」

笑って頷くと、浦原もふっと嬉しそうに微笑んだ。

ふいに浦原の視線が宏斗から外れた。何を見ているのだろうか？　つられるようにして振り返ると、背後はショーウインドーだ。大人と子どものマネキンが飾ってあった。親子の設定なのだろう。

「まだ子供服を買うのか？」

宏斗が訊ねると、浦原は我に返ったみたいに目を瞬《しばた》き、「いや」と首を振った。

「この後、行きたい場所があるんだが、少し付き合ってくれないか？」

「行きたい場所？　うん、いいけど。どこに行くんだ？」

こっちだと、浦原が促した。大通りから脇道に入り、浦原は狭い路地を慣れた様子で歩いていく。宏斗はその後についていき、どこに行くのだろうかと疑問に思う。一気に人通りがなくなり、小さなセレクトショップや雑貨屋などがちらほらと見受けられた。どこからかカレーらしきスパイスの匂いが漂ってくる。

古書店の先を曲がって更に歩くと、こぢんまりとした店があった。雑貨屋だ。

「ここだ」と、浦原が入っていく。

女性物のアクセサリーが飾ってあるその店に入るのかと思いきや、浦原は入り口の横にある階段を上り始めた。宏斗も慌てて追いかける。

二階は別の店舗が入っているようだった。ドアには『ＯＰＥＮ』のプレートが掛かっている。浦原がドアを開けた。宏斗も続いて入る。

「いらっしゃい」

ドスのきいた声で迎えてくれたのは、スキンヘッドの中年男性だった。浦原に負けずおとらずのいい強面具合だ。

思わずビクッとした宏斗を背でかばうようにして、浦原がおかしそうに笑った。

「店長、客を脅さないでくれ」

「失礼なヤツだな。こんなに笑顔で歓迎してるってのに」

「宏斗、この怖い顔の人はここの店長だ。俺が世話になっている手芸店だ」

店長がスキンヘッドを撫でながら、「お前に言われたくないぞ」と横槍《よこやり》を入れる。

「手芸店……?」

宏斗は目をぱちくりとさせて、急いで辺りを見回した。入ってすぐにカウンターが目につき、強面店長の強烈なインパクトのせいで気づかなかったが、天井まで付きそうな高い棚にはたくさんの生地が並べて置いてある。そういえば、浦原の趣味はフェルト細工だった。店内の奥にはフェルトのコーナーが設けられており、かわいらしいフェルトのケーキも飾ってある。

「あれは、こいつが作ったんだよ」

店長が言った。

「あ、やっぱり!」

何となく、そうではないかと思ったのだ。あっさり納得してしまった宏斗を見て、店長が少しつまらなそうにぼやく。「何だ、ニイチャンはこいつの特技を知ってたのか。このギャップに驚く顔が見たかったのに」

浦原が小さく笑って、「とっくに知ってるよ。宏斗、こっちだ」と手招きした。

「そうか、フェルトを買いにきたのか」

「いや、今日はそうじゃなくて」

店内の一角に置いてあったワゴンの前に立つ。色とりどりの中身を見て、宏斗は首を傾げた。

「毛糸？」

「ああ。寒くなってくるし、セーターでも編もうかと思って」

思わずぎょっとする。

俺の親友が、欲求不満でそろそろ編み物にまで手を出しそうなんだわ——鈴本の言葉が蘇った。彼の話によると、手芸本を捲《めく》って本格的に勉強をしていたらしいので、この冬に編み物デビューをするつもりかもしれない。以前浦原は、手先を使った細々とした作業は雑念を払って精神統一にもなると、修行僧のようなことを言っていた。真剣な顔でワゴンの中身に手を伸ばしている浦原をじっと見つめながら、何だか無性に虚《むな》しくなってくる。宏斗が傍にいるのに、何もわざわざ毛糸に欲望をぶつけなくたっていいのに……。

「羽海と空良は何色が好きかな？」

訊ねられて、ハッと我に返った。

「え？」

「あの子たちに作ってやりたいんだ。もうすぐクリスマスだろ？」

「………」

宏斗は面食らった。クリスマス？　はたと気づく。そうか、編み物は欲求不満を解消するためではなく、子どもたちへのクリスマスプレゼントだったのか。

「えっと、二人とも青が好きだよ」

「青か」

浦原が毛糸の山からそれらしい色だけを抜き取って、並べていく。

「あ、でも青といっても、二人とも微妙に違うんだ。羽海は濃いめの青が好きだし、空良は薄めの水色とかの方が好きかな」

なるほどと、浦原が同系色の毛糸から、更に数個をピックアップする。

「あの子たちの母親の影響なんだと思う。羽海は海の青色、空良は空の水色って、姉は言ってたんだよ。あと、姉の名前が葵《あおい》っていうから、あいつらにとって『アオ』は特別な色なんだ。本当は葵色って紫に近いんだけどね」

「そうだったのか。絵を描く時も、青や水色のクレパスが一番禿《ち》びていたから、好きなんだろうなとは思っていたが……そうか。特別な色だったんだな」

浦原がしみじみと呟き、青色と水色の毛糸玉を手に取った。

「大事に編んでやらないとな。気に入ってくれるといいが」

そう言って優しく目を細める様子に、じんと心を揺さぶられた。買い物中の宏斗を浦原は生き生きしていると言っていたが、浦原だって子どもたちのことを考えている時は物凄《ものすご》く優しい穏やかな顔つきをしていることに気づいているだろうか。血はつながっていなくとも、ちゃんと自分たちは家族になれているのだと実感する。

「気に入るよ。去年の冬、俺が洗濯の仕方を間違えてあの子たちのセーターを縮ませちゃったんだ。だから、新しいセーターをもらったら、きっと喜ぶ。俺なんて、去年は散々ブーブー文句言われたし」

「宏斗は何色が好きなんだ？」

「え、俺？」

突然問われて戸惑った。咄嗟に色の種類が思いつかない。ふと目についたのは、浦原のカットソーだ。

「えっと、グレー……？」

「グレーか」と浦原が頷き、再びワゴンをあさり始める。

いくつか手に取ると、難しい顔をして睨《にら》みつけ、その中の三つをチョイスした。更に矯《た》めつ眇《すが》めつした結果、最終的に一つを残す。

「――これだな。宏斗には明るい色の方が似合う」

選ばれたのはライトグレーの毛糸玉だ。

「俺にも編んでくれるのか？」

「ああ、もちろん。楽しみにしていてくれ」

浦原が意気揚々と言って微笑みかけてくる。

「……っ」

きゅんと胸がときめいた。鼓動が妖《あや》しく跳ねて、体温がふわっと甘い湯気が立つみたいに優しく上昇する。ああ、何かこういうのって、いいかも――宏斗はくすぐったいような気持ちに頬を弛《ゆる》めた。

鈴本との会話が頭にこびりついていたせいか、自分は少し意識しすぎていたのかもしれない。恋愛の速度は人それぞれ。自分たちにはこういった形が合っているのだろう。手をつながなくても、心がつながっているのを再確認できて大満足だった。

浦原が店長に頼んで大量の毛糸を用意してもらっている。

宏斗は物珍しい店内を見て回りながら、浦原へのクリスマスプレゼントは何にしようかと考えていた。羽海と空良と相談して、一緒に選びに出かけたい。いつにしようか。浦原には当日に驚かせてやりたいから内緒だ。わくわくしてきた。

幸せだなと思う。レジで会計をしていた浦原がふとこちらを見た。目が合い、ふっと彼が微笑む。宏斗も自然と笑みが浮かぶ。男同士の恋愛なんて初めてだけど、これまでの人生で今が一番ときめいているかもしれない。

二人に合ったペースで歩んでいけばいいと自分の中で結論が出ると、後は初デートを思い切り満喫するだけだった。

子どもがいる時はなるべく避けるようにしている人でごった返した通りをぶらぶらと歩き、目についた店に入ってはあれこれ見て回る。のんびり楽しんでいるとついつい時間を忘れてしまう。今日は夕飯の支度をする必要もないので余計だった。

鈴本から電話がかかってきて出ると、羽海と空良の元気な声が聞こえてきた。鉄道イベントはとても楽しかったようで、二人とも大興奮だった。今は車で移動中らしく、これから食事をする予定なんだそうだ。

通話を終えると、浦原が言ってきた。

「そろそろ俺たちも腹が減ったな」

「そういえば、もういい時間だよな」

腕時計を確認すると、五時半を回っていた。

「移動するか」と、浦原が促す。「実はレストランを予約してあるんだ」

びっくりした。昼食と同様、適当に目についた店にでも入ればいいかと思っていたので、これには驚かされた。

更に、連れて来られたのがホテルの最上階にある展望レストランだったことにも仰天させられた。

「え……ここ？　教えてくれてたら、もう少しいい恰好をしてきたのに」

いかにも高級そうな店の入り口に立ち、宏斗は狼狽《うろた》えた。

一応、ジャケットを羽織ってはいるものの、全体的にラフなイメージが強い。浦原は黒とグレーで纏《まと》めているので構わないが、宏斗は明らかに浮いている。気後れしていると、浦原が真顔で首を傾げてみせた。

「どうしてだ？　そのままで十分かわいいのに」

「――――！」

目を丸くすると、浦原が「さあ、入ろう」と背中に手を回してきた。遅れて顔が火照《ほて》りだし、浦原の言葉を何度も頭の中で反芻《はんすう》してはいたたまれなくなる。他の人にかわいいと言われても嬉しくも何ともなく、むしろこの年齢の男に厭味《いやみ》かと勘繰ってしまいがちだが、浦原の言葉は別の意味をもって聞こえるので妙に照れ臭い。

ギャルソンに案内された席は、夜景が一望できる場所だった。

羽海と空良が出かけると決まったのはたった一週間前だ。よくこんないい席を確保できたなと不思議に思っていると、前職場の社長のツテだと教えてくれた。

運ばれてくるコース料理はどれも初めて口にする味ばかりで、舌がとろけてしまうほどに美味《おい》しかった。ワインもいただき、これがまた美味しい。缶ビール以外のアルコールを飲むのは久々だ。

美しい夜景を眺めながら、ふと胸に微《かす》かな曇りが生じた。

「伊澄って、いつもその……恋人とはこういうデートをしてたのか?」

酒が進み、思ったことをついそのまま口にしてしまう。浮かれる宏斗に対して、浦原は妙に落ち着いて見える。もしかして、ここには過去に付き合っていた恋人と来たことがあるのではないか。

「いや」

しかし、浦原は首を左右に振った。

「実は、こういうところにデートで来たのは初めてだ。居酒屋ならいくつか行きつけがあるんだけどな。こういう場はどうにも落ち着かなくて。でも、せっかくの宏斗との初デートなんだから、これくらいはしたかったんだ。さすがに、一週間前じゃ有名店はどこも満席で、結局、一番頼みたくない相手に頼ってしまったんだが」

「前の職場の社長さんだろ?」

「誰と行くんだ、どんな相手だと根掘り葉掘り訊かれた。自分も独身のくせに、ニヤニヤとしつこく訊いてくるから参った」

思い出したのか、げんなりとしてみせるので、宏斗は思わず笑ってしまった。浦原のこういう表情は珍しい。

「へえ、どういう人なんだろ？　園長先生の知り合いでもあるんだよな？　俺も会ってみたいな」

「今回は適当に誤魔化したが、いつか宏斗のことを紹介したいと思ってる。世話になった恩人で、兄のような人なんだ。性格は少々アレだが——会ってくれるか？」

問われて、宏斗は一瞬きょとんとした。すぐに背筋を伸ばす。

「もちろん」

大きく頷くと、浦原がほっとしたように表情を和ませた。「よかった」と呟いた浦原の笑顔を見て、何だか結婚相手の実家に挨拶をしにいくような気分になる。浦原は実の両親とは連絡を取っていないようだし、実際家族のように慕っていたのが例の社長なのだろう。宏斗は残念ながら会ってもらいたい家族がみんな鬼籍に入っているので、諸々の報告はお墓の前になってしまうのだろうかと考えていると、浦原が話を蒸し返すようにして言った。

「さっき、いつもこういうデートをしているのかと訊いただろ？」

「え？」と、宏斗はフォークとナイフを持った手を止めて浦原を見やる。

「俺の過去を気にしてくれて、ちょっと嬉しかった。ヤキモチを妬《や》いてくれたと思ってもいいか？」

浦原が真《ま》っ直《す》ぐに宏斗を見つめて問いかけてきた。

そんなことをわざわざ改めて訊ねられても恥ずかしい。しかし図星なので、顔がカアッと上気するのが自分でもわかった。

「そりゃ……少しは気になるだろ。前にも誰かとここに来たことがあるのかな——とか」

実際はそうではないと知って、ホッとしたのも事実だ。

「宏斗はどうなんだ？　俺だって気になる。どういう相手とどんなデートをしてきたのか」

「俺なんてフツーだよ。お金なかったし。というか、ここ何年かずっと彼女いなかったからな。デートの仕方とか、正直もう忘れてたかも」

「……奇遇だな。俺も同じだ」

思わず浦原を凝視してしまった。

「きちんと付き合ってデートをするなんて、久しぶりすぎて緊張した。待ち合わせ場所に立って宏斗を待っている間、異常にドキドキしていたからな」

「……ぷっ」

あまりにも意外すぎて、宏斗は堪《こら》えきれずに吹き出した。あれほど周囲に向けてガンを飛ばしていたのに、本音はまったく違っていて、そのギャップがどうしようもないくらいに愛しい。

くすくす笑いが止まらずにいると、浦原が「笑いすぎだ」と複雑そうな顔を寄越した。

しかし、ついには自分もおかしくなってきたのか、宏斗と一緒になって笑っていた。

食事を終えると階を移動し、バーで飲み直すことにした。

久々のアルコールは回りが早く、思ったよりも少ない量ですぐにほろ酔い気分になってしまった。劇団仲間と飲んでいた頃はもっと強かったはずなのに、子どもたちと一緒に暮らし始めてからというもの、すっかり健康的な生活を送っていることに改めて気づかされる。

「あー、楽しかった。お酒も美味しかったし」

バーを出る頃には、少し視界がぐらついていた。

「結構飲んでたな。歩けるか？」

「うん、平気」

いい気分でエレベーターホールまで辿り着き、ふいに絨毯《じゅうたん》に足を取られた宏斗はその場でふらふらとよろけてしまう。

「危ない」

壁にぶつかりそうになる宏斗を、浦原が腕を差し入れて受け止めた。

「大丈夫か？」

「……ん。ごめん」

支えられながら何とか自分の足で立つが、先ほどよりも視界がゆらゆらと揺れているような気がする。一度体勢を崩してしまったせいか、一気に酔いが回ったようだった。

腰にしっかりと絡みつく腕の逞《たくま》しさに、思わず気だるい全身を委《ゆだ》ねたくなってしまう。早く離れなくてはと頭では思うのに、体が言うことを聞かない。浦原の腕にしがみつき、額を彼の肩口に押し当てた。悩ましいため息が漏れる。

「……帰り、タクシーにしないか？　終電まではまだあるけど、電車はなあ……」

駅まで歩けるか心配だ。甘えるようにしなだれかかると、ジャケット越しにびくりと筋肉が波打つ様子が伝わってきた。

「伊澄……？」

急に黙り込んでしまった彼を窺《うかが》おうと、顔を上げた瞬間だった。

ぐっと腰を引き寄せられて、無防備な唇を強引に奪われる。

「ん……んぅ」

突然のキスで一気に酔いが醒めた。茫然《ぼうぜん》とする耳元に熱っぽい吐息が触れる。

「部屋を取ってあるんだ。せっかくだから、俺たちも今夜は泊まっていかないか？」

色気を孕《はら》んだ雄の顔がそこにあり、宏斗はぞくりと身震いした。

忘れかけていた鈴本の声が脳裏に蘇る。

——子どもがいたら、いろいろヤリたくてもなかなかできないだろうからねえ。

「…………」

浦原の太い腕にもたれかかりながら、宏斗はこくりと頷いた。

キスをするのは三日ぶりだ。

いつものように夕食を一緒にとった後、浦原を見送る時に、双子の目を盗んで掠《かす》め取られたのだ。触れるだけの軽いキス。多少物足りなさはあるものの、お互いこういう付き合いになることは覚悟の上だったので仕方ないと思っていた。

今日だって、何もそう焦らなくても自分たちのペースで進んでいけばいいのだと納得したばかりだ。

浦原もてっきりそういう考えなのだと思っていた。どうにか関係を先に進めようという素振りはまったく見られず、二人の間には終始和やかな空気が流れていた。美味しい食事と美味しいお酒を堪能して、初デートは十分に楽しんだ。まさか、最後にこんな展開が待っているなんて想像もしていなかった。

「……ん……はあ……んうっ」

部屋に入った途端、待ちきれないとばかりに唇を貪《むさぼ》られた。

激しい口づけを通して、これまで浦原がどれほど自制していたのかがよくわかる。こんなキスをする男だなんて知らなかった。初めて見せる浦原の本性――これまでの禁欲的な顔の裏にこのような獰猛《どうもう》な面を隠していたのかと思うと、ぞくっと官能が刺激された。

浦原は宏斗を執拗《しつよう》に求めてくる。

舌を強引に引き摺り出してはいやらしく絡《から》ませて、飲み込みきれずに口の端から零《こぼ》れた唾液にまでねっとりと舌を這《は》わせて啜《すす》ると、またきつく唇を吸われる。

全身の力を吸い尽くすみたいな情熱的なキスに、膝がガクガクと震えた。すでに息も上がって苦しい。くらくらと眩暈《めまい》がする。

宏斗の数少ない経験値では、どうにか彼の舌の動きに答えるだけで精一杯だ。

これほどまでの、相手のすべてを奪い去ろうとするような貪欲なキスを宏斗は知らない。荒い息遣いと唾液の混じり合う水音だけが鼓膜にねっとりと張り付く。腰を取られて、撫でるような手つきでするりとジャケットの肩を落とされた。そこだけぞくっとするほど繊細な指の動きだったにもかかわらず、次には乱暴に体勢を入れ替えてくる。

浦原は飢えた獣のように宏斗の背中を壁に押し付けて体の自由を奪うと、頭上から覆い被《かぶ》さるみたいにして何度も何度も角度を変えて舌を差し入れてきた。

熱い肉厚の舌が縦横無尽に這いずり回る。まるでそれだけで明確な意思を持った一個体かのような動きだった。巧みな舌技に口内を隈なく蹂躙《じゅうりん》されて、あまりの気持ちよさに宏斗は腰が砕けてしまいそうになる。

これがこの男のキスなのか——宏斗は息継ぎもままならないぼんやりとした頭で思った。

いつもの触れるだけの軽いキスで彼の欲情が収まっていたとは到底思えない、嵐のような荒荒しさと、どろどろのマグマに飲み込まれてしまいそうなほどの情熱に溺《おぼ》れてしまう。

壁にもたれかかった体も、背骨が熱を加えた飴のようにくにゃりと甘く溶けるようで、立っているのも辛《つら》かった。

喉の奥深くまで執拗にくすぐっている舌が唯一の支えみたいに思える。

次にこの舌を引き抜かれたら、今度こそ床に頽《くずお》れてしまうかもしれない。――そんなふうに思った次の瞬間、体がふわりと浮き上がった。

「？　……え」

横抱きにされて、宏斗は一瞬我に返る。

生理的な涙の膜越しに、浦原の切羽詰まった横顔が見えた。自分の足で歩くことなく運ばれて、広いダブルベッドの上に落とされる。

スプリングに弾《はじ》き返された体が軽く跳ねたかと思うと、すぐさま馬乗りになった浦原が圧し掛かってきた。

「ま、待っ……んんっ」

まだ先ほどの余韻で呼吸は乱れたままだ。それにも構わず、再び唇をきつく塞《ふさ》がれた。顔の両側に手首を押し付けられ身動きを封じられたまま、深い口づけを交わす。

すでに宏斗の弱い部分をすべて熟知しているかのような官能的なキスは、ある程度の経験があることを示していた。一体、過去にどれくらいの人数の恋人がいたのだろうか。

ふいにレストランでの会話が脳裏を過《よ》ぎった。浦原の話し方だと、交際やデートといったきちんとした手順を踏む付き合いは久々だが、それ以外の相手ならそれなりにいたとも取れる。もう頭の端に追いやったはずの嫉妬心がなぜかまたちりちりと焦げ付いて、ぶり返すようだった。みっともないと自分でも思うが、浦原からこんなキスをもらっていた、顔も知らないかつての恋人たちにヤキモチを妬いてしまうのを止められない。

シーツの上で組み合わせた浦原の指をぎゅっと強く握った。自ら舌を差し出し、浦原のそれに積極的に絡ませる。表面や裏側をくすぐりながら根元に巻き付き、きつく吸い上げられた途端、脳髄までじんと甘い痺《しび》れが走った。

浦原の手が蠢《うごめ》き、シャツの上から宏斗の胸元をまさぐってきた。

小さな尖《とが》りを手探りで擦られて、びくっと身震いする。急《せ》くようにシャツの裾をたくし上げようとする浦原を、待ってくれと一旦止めた。脇腹に差し込まれた自分のものではない体温に肌が粟立つ。濃密な官能の気配が押し寄せてきて、僅かに我を取り戻した。

「……じ、自分で脱ぐから」

熱に浮かされた頼りない声で言うと、浦原が息を呑《の》んだのがわかった。逞しく張り出した喉元がごくりと上下する。

別に焦《じ》らすつもりはない。脱がしてもらう時間が何だかいたたまれない気がして、それなら自分で脱いだ方がいいと思ったのだ。

宏斗はシャツのボタンに指をかけた。一つずつ外しながら、この間もやはりいたたまれないのだと知る。緊張と羞恥で指が滑る。焦ると余計に思ったように動かず、もたついていると、目の前で浦原が豪快に自分の服を脱ぎ捨てた。

薄暗い部屋の中で、筋肉質の男の裸体が浮かび上がる。

その引き締まった立派な体を見て、宏斗は思わずごくりと喉を鳴らした。

「……手伝う」

止まっていた宏斗の手に浦原が自分の手を重ねる。反射的にびくりと震えた手を包み込むようにして、一緒にボタンを外し始めた。

心臓が破裂しそうだ。

長袖一枚に押さえ込まれていた彼の体温と匂いが、急に濃厚になって宏斗に襲いかかってくるようだった。香水の類《たぐい》の人工的な匂いではない、彼自身の体臭。張り詰めた筋肉から立ち上る少し汗ばんだ雄の匂いに、甘い眩暈を覚える。

結局、宏斗が自分で外したボタンは三つだけで、残りは浦原がすべてしてくれた。

ベルトのバックルも外してもらい、宏斗も協力して腰を上げチノパンを蹴《け》るようにして足から取り払う。

「あっ」

下着の膨らみに触れられた途端、自分のものではないような甲高《かんだか》い声が鼻から抜けた。

「悪い。もう、こんなになっていたのか」

浦原に気づかれて、カアッと頬が熱くなる。男の体はわかりやすく正直だ。激しいキスに煽《あお》られて、宏斗の股間はすでに硬く昂ぶっていた。

グレーの下着にシミが浮いているのが自分の目にも見て取れる。恥ずかしくて咄嗟に両手で隠そうとしたが、浦原に阻止された。

彼は大きな手で宏斗の両手首をまとめて掴むと、もう片方の手を下着のウエスト部分に差し入れてくる。

腰骨を指でなぞられて、びくっと体を揺らした。

そのまま肌を撫で回すようにして下着をずり下げていく。指先の動きがいちいちいやらしく、肉付きの薄い尻を軽く揉むようにして這わされると、これからの行為を予感させられてぞくぞくっと甘い痺れが背筋を駆け抜けた。

息を弾ませている間にも、下着は足から引き抜かれて、宏斗の股間が露《あら》わになる。

浦原が昂ぶりにそっと自分の指先を触れさせた。

途端、微電流が走り抜けるような覚えのある快感が下肢を襲った。

「んっ、ダメだ。さ、触らないで……っ」

思わず腰を引く。締め付けるものがなくなった股間はぶるりと震えて、今にも弾けてしまいそうだ。血流が一気に収束して、下肢は痛いほどに張り詰めている。

「大丈夫だ」

しかし浦原はベッドを軋《きし》ませて、宏斗との距離を詰めてきた。にじり寄ってくる浦原が、ダメだというのに宏斗の昂ぶりに手を伸ばす。

「や…っ」

「俺も辛い。一度、一緒に出してしまおう」

じりじりと詰め寄り、宏斗の立てた膝を割った。びくんと震えた中心を手のひらで包まれて、危うく達してしまいそうになる。

咄嗟に目を閉じてどうにか堪えたものの、恐る恐る瞼を開いた瞬間、ぎょっとした。浦原が立派に反り返った自分のものを摑んで、宏斗のそれに重ね合わせてきたからだ。

「あ……っ」

敏感な裏筋をぬるりと擦り上げられて、思わず声が漏れた。滑っているのは自分の先端から滴り落ちた体液なのか、それとも浦原のものなのか。

ぬるぬると擦り合わせてくる浦原の屹立を初めて目の当たりにして、その大きさに度肝を抜かれる。

——先生の、すっごく大きいんだよ！

浦原と一緒に風呂に入った羽海と空良が、後から興奮気味に宏斗に教えてくれたのを思い出した。

あれは単に子どもの感覚で言っていたのではないのだと思い知る。――本当に大きい。自分のよりも確実に一回りは大きく、見るからにどっしりと重量のあるそれが、腹に付くほど隆々と反り返っている様子に圧倒される。同時に何か言い知れない欲情が腹の底から疼《うず》きを伴って込み上げてきた。

ごくりと我知らず喉が鳴る。

脚を絡ませ寄り添う間で、浦原が二本の屹立をまとめて掴むと、ゆっくりと扱《しご》き上げた。

「……ふっ」

腹の内側から快感が急激に迫《せ》り上がってくる。

クチュ、ヌチュと卑猥な水音とともに、すぐに息が上がり始めた。浦原の大きな手が徐々に速度を増していく。

気持ちいい――しばらく自慰もまともにしていなかった宏斗は、覚えのある快楽に身を委ねてしまいそうになる。

浦原の息遣いがすぐ傍から聞こえる。低く乱れた吐息が上気した頬にかかり、宏斗はぞくっと身震いをした。

緩急をつけて擦り上げる浦原の手に、半ば無意識に宏斗は自分の手を重ねた。骨張った男の手の感触越しに、勃起した二人の中心を扱く。ぬるぬると擦れ合い、合わさった先端から先走りがとろとろと溢れ出していた。薄明かりを微かに反射して、血管の浮き上がった性器から体液が滲み出す様子は淫靡《いんび》で生々しく、情欲が一気に高まる。一層の快楽を求めて気づくと腰まで揺らしていた。

「……っ、宏斗、エロすぎる」

「はあ、はあ……ん、ごめ……でも、止まらなくて……ぁ…ふぅ……ん」

昂ぶりを無我夢中で擦り合わせていると、浦原が咬《か》みつくようなキスをしてきた。舌を差し出し、吐息ごと奪い合うように絡ませる。

ベッドのスプリングを利用して、互いに腰を突き出すようにして高みを手繰り寄せた。ぎしぎしとベッドが鳴り響くほどの激しい手淫に溺れる。浦原の手でも覆いきれないほどの二人分の体液が、宏斗の手までをべっとりと濡らす。腰が淫《みだ》らに揺れる。やがてはちきれんばかりに熱が膨れ上がり、限界が迫る。

「……んぅっ、出る……っ」

ぶるりと胴震いをして、宏斗は白濁を撒き散らした。

うっと低く呻《うめ》いた浦原も、一拍遅れて吐精する。手のひらに受け止めた大量の精液が滴り落ちて、達したばかりの宏斗の股間を濡らした。

敏感になっている性器を白濁の雫《しずく》が打ち、脱力した体がびくびくっと痙攣《けいれん》する。

一度は萎《な》えたはずのそこが、再び首を擡《もた》げかかっていることに驚いた。浦原の吐き出した濃い精を宏斗の先端が受け止めて、くびれを伝いつるりと滑り落ちていく様は、ひどくいやらしいものとして目に映った。乱れた呼吸が落ち着くどころか更に興奮を掻《か》き立てる。俄《にわか》に喉が渇き、ごくりと唾を飲み下す。

ティッシュペーパーで手を拭《ふ》き取った浦原が、ふいにこちらを向いた。熱っぽい眼差しと目が合って、またごくりと喉が鳴る。

「そんな物欲しそうな目で見られると、抑えが利かなくなりそうだ」

浦原がふいに宏斗の足首を摑んだ。

「?　――あ」

掬《すく》うように持ち上げられて、力の入らない体はあっさりとベッドに転がってしまう。

「こんなにエロい体をしてるとは知らなかったな」

珍しく意地の悪い笑みを浮かべて、浦原が圧《の》し掛かってきた。

「もうここをこんなにさせて」

「あっ！」

兆していた股間を軽く揉まれて、見る間にそこは硬く張り詰めていく。

久々に射精して箍《たが》が外れたのかもしれない。育児に追われてすっかり忘れていた性欲が、まるで覚えたての十代の頃のように次から次へと湧き上がってくるようだった。

「もっと、そこ……触って……んぁっ」

ぬるりと生温かい感触に性器が包まれた。

覚えのあるそれが何であるのか気づいた瞬間、ぎょっとしたが、あまりの気持ちよさに思考が霧散してゆく。

視界の端で、宏斗の性器を銜《くわ》えた浦原の頭部が上下する。大きな口からくぐもった声と卑猥な水音が漏れ聞こえ、聴覚からも犯されているようだ。喉の奥まで使って刺激された自分の屹立が、浦原の口腔でぐうっと膨れ上がるのがわかった。

イク――と、思った途端、なぜか浦原が唐突に口からずるりと性器を引き抜いた。

「ぁ……」

思わず切ない喘《あえ》ぎ声が零《こぼ》れた。

いくらなんでも、これは酷《ひど》い。散々煽ってあと少しという高みまで持ち上げておきながら、最後の最後で放置された気分だった。

力の入らない腕を引き寄せて肘をつき、首を起こす。唾液でぬらぬらと照り輝いている勃起が視界に入る。恨みがましい思いで浦原を睨み付ける。浦原は口元を拭いながら何食わぬ顔で宏斗の惨めな劣情を眺めていた。この状態で投げ出されるのがどれほど辛いか、浦原にだってわかっているはずだ。

下肢の疼きがこらえ切れない。ハアハアと息を乱しながら、宏斗は仕方なく自分の手を股間に伸ばした。一刻も早くこの溜《た》まった熱を吐き出したくて堪らなくなる。

指先が屹立に触れる。びくんと体が軽く痙攣した。ハアと熱っぽい息を吐いたその時、浦原が突然宏斗の太腿《ふともも》を摑んだかと思うと、いきなり肩に担ぎ上げた。

背中が浮き上がる。驚いて見上げると、あろうことか浦原が自らの顔を宏斗の尻の狭間《はざま》に押し当てるところだった。

「ひっ」

窄《すぼ》まりをざらりとした感触が這う。ねっとりと濡らされて、舐《な》められたのだと知った。

「や、やめ……っ、汚いって、そんなとこ……んうっ」

慌てて身を捩《よじ》ろうとしたが、それを許さず尻臀《しりたぶ》をぐっと割られた。剝《む》き出しになった後ろに、更に奥まで舌を捩《ね》じ込まれる。内側に異物が侵入してくる違和感に、びくっと反射的に背中を反らした。

男同士のセックスがそこを使うことは承知済みだった。おそらく自分が受身側になるのだろうと、その場所に浦原のものを受け入れる覚悟もできている。

そのための準備だとわかっていても、やはりそこを舐められるのには抵抗があった。自分でも触ったことのないような排泄器官を、浦原が熱い舌で舐め溶かしている。

嫌だと弱々しく抵抗しつつも、粘膜に唾液を塗りこめながらくすぐられる感覚は、体の奥底から奇妙な愉悦を引きずり出し、その倒錯じみた行為にぞくぞくっと背筋が戦慄《わなな》いた。

姿は見えないが、浦原の舌が宏斗の入り口の襞《ひだ》を一つ一つ丁寧に伸ばすみたいに舐めているのがわかる。想像して息が上がった。自分のものとは思えないほど甘ったるい声が鼻から抜けて、だんだんとその行為に慣れてくるのが恐ろしい。すでに抗《あらが》う気力も失《う》せて、浦原にされるがままだ。彼の唾液には媚薬の成分が混じっているのではないか――そう疑うほど、後ろがぐずぐずにとろけていくようだった。更に指まで捩じ込まれて、内壁をくちゅくちゅと掻き回される。

放置された屹立は痛いほど張り詰めていた。後ろをいじられるたびに、反り返った劣情がゆらゆらと揺れて腹を軽く打つ。先端から滴り落ちた体液が腹筋に糸を引いていた。

「……ぁ、んぅ……も、もう、大丈夫だから……い、伊澄ぃ……っ」

媚《こ》びてねだるようなはしたない声になる。大胆に開いた脚の間に頭を埋《うず》めていた浦原が、後孔から舌と指をヌチュリと引き抜いた。

「――あまり、煽らないでくれ。俺もそんなに余裕がない」

性急な手つきで宏斗の脚を抱え直す。

「ンぁっ」

両膝が胸に着くほど体を深く折り曲げられた。そして、すっかりほころんだ窄まりに、まるで黒光りした凶器のような太くて硬い浦原の熱い切っ先があてがわれる。

次の瞬間、ぐうっとそこに途轍もない圧が掛かった。

「っ！」

とてもではないが舌や指とはまるで比べものにならない。圧倒的な質量が埋め込まれていく衝撃は、想像を絶していた。

苦痛に涙が溢れる。息ができない。体がめりめりと音を立てて引き裂かれてしまうかと恐怖する。

「……っ、大丈夫か？　きついなら、抜くぞ」

浦原が気遣うように声をかけてきた。

そういう彼だって、辛いに違いない。低く漏れ聞こえる息遣いはひどく苦しげだ。初めての経験に体が言うことをきかず、宏斗が容赦なく浦原を締め付けているせいだった。

「無理をしなくていい」

先端を埋めたまま、浦原がゆっくりと伸び上がるようにして宏斗の頰を撫でた。びっしょりと汗の浮いた肌に優しい指先が触れて、ふいに泣きそうになる。

宏斗は首を左右に振った。

「やめ、ないで……お願い、このまま……っ」

浦原の手を摑み、すがるようにして自分の頰を摺り寄せた。頭上で浦原が息を吞む気配がする。頰を優しく撫でられた。彼は宏斗の手を取るとぎゅっと指を組み合わせて、そのまま顔の横に縫いとめる。

「息を止めると余計に苦しい。ゆっくりでいいから、呼吸をして力を抜いてくれ」

「ふ……うん」

浦原に宥《なだ》められるように言われて、宏斗は意識して必死に呼吸を繰り返した。強張《こわば》っていた体の力が僅かに抜ける。その隙を見計らって浦原が慎重に腰を進めてくる。

長い時間をかけ、ようやく根元まですべてを収めきった。

「……入ったぞ。ほら、わかるか？」

「ん……ふっ、……ぁっ」

軽く腰を揺すられて、腹の内側まで震動が伝わってくる。引き伸ばされた粘膜に張り付くようにして、脈々とした太い屹立が奥深くまで埋め込まれているのをリアルに感じた。

「宏斗、平気か？」

息を乱す宏斗を気遣って、浦原が心配そうに声をかけてきた。

優しい声とは裏腹に、ドクドクと力強く脈打つ彼の情欲は凶暴なほど膨れ上がっている。早く動きたいのを必死に堪えて、宏斗が落ち着くのを辛抱強く待ってくれているのだ。これで中を激しく擦られたら一体どうなってしまうのだろうか。想像してぞくっと身震いする。

「……ん。大丈夫だから……そんなに、気を遣わなくてもいい。伊澄の、好きなように動いてくれ」

「いいのか？」

「うん。俺も、このままだと奥が疼いて辛い」

「——それじゃあ……動くぞ」

切羽詰まった声でそう言うや否や、浦原がずるっと腰を引いた。

内臓ごと引きずり出されるような強烈な排泄感が体を駆け巡った。咄嗟に背を弓形にし、ひゅっと喉を鳴らす。粘膜を擦られる未知の感覚に全身の細胞がざわめく。

ゆっくりと宏斗の様子を見ながら行われていた腰の律動が、次第に速まっていくのがわかった。浅い場所を抉《えぐ》られるようにして揺さぶられ、強烈な快感に甲高い声を上げる。一気に腰を進めて敏感な最奥を激しく突き上げられた瞬間、目の前に火花が散った。

「ああっ……ぁ、あ、あっ」

浦原の動きが大胆になり、甘ったるい嬌声がひっきりなしに溢れ出る。

何度も奥を突かれて、脳髄をとろかすような甘い痺れに酔いしれる。互いに同性を相手にするのは初めてだが、浦原の抱き方が上手《うま》いのか、快楽が苦痛を凌駕《りょうが》するのにそれほど時間はかからなかった。粘膜を掻き回されて、じわじわと滲み出てくる快感を貪《むさぼ》ろうと宏斗も夢中になる。浦原の動きに合わせて懸命に腰を揺らした。

これほど貪欲に誰かの肌を求めたことはない。

手を伸ばし、浦原の背中にしがみつく。汗の浮いた滑《なめ》らかな肌を引き寄せて、もっともっと、はしたなくねだるように腰を押し付けた。

宏斗の要求に答えるように、浦原が息を荒らげて激しい抽挿を繰り返す。

肌のぶつかり合う音が聞こえるほど強く腰を打ちつけられた。肩の下で綺麗《きれい》に整えられたシーツがぐしゃぐしゃに波打つ。涙の浮いた目に、気持ち良さそうな吐息を漏らす浦原の様子を捉えた瞬間、胸がぞくっと震えた。

「……っ、宏斗、好きだ」

情欲に塗《まみ》れた掠れ声で言われて、更に胸がぞくぞくっと打ち震える。

「俺も……俺も、伊澄のことが好きだよ」

「！」

嬉しそうに唇の端を引き上げた浦原が、一層激しく突き上げてきた。

際限なく与えられる快楽に溺れてしまいそうになる。

粘膜が激しくうねり、吸い付いた浦原の一部とこのまま一つに混ざり合ってしまうのではないかと思うほど互いを貪りあった。

散々擦られて熟れた腸壁を、限界まで膨張した陰茎が一気に貫いてゆく。

「ああっ！」

高みに押し上げられる感覚があった。勢いよく二度目の白濁が吹き出す。

内壁がきゅうきゅうと収縮を繰り返し、きつく締め付けられた浦原もほぼ同時に宏斗の中に大量の迸《ほとばし》りを放った。

行為は一度では終わらなかった。

そう頻繁に抱き合うことができない環境を思うと、この快楽をなかなか手離すことができなくて、何度も求めてしまう。浦原もまた宏斗を捕らえて離さず、本能のままに揺さぶってきた。

初めてだというのに、すでに宏斗の後ろは浦原の形を覚えてしまったかのように粘膜が柔軟に波打ち、一番敏感な最奥を激しく突き上げられる悦《よろこ》びを知ってしまった。

自分の体がまさかこれほどまでに乱れるとは我ながら予想外だ。

すっかり皺になったシーツの上で、事後の気だるい体を寄り添わせる。まだ淫靡な空気は薄まらず、宏斗は浦原の逞しい胸板に抱きしめられていた。

「……伊澄のこと、誤解してた」

ぽつりと言うと、浦原が間近で首を傾げた。

「何というか、もっと淡泊なんだと思ってた。普段は全然ガツガツしてないし、今日もずっと二人きりだったのに、そういう雰囲気にもっていこうとしないし」

と言いつつ、最後の最後で脱皮して狼になってしまったが。

「別に、枯れているわけじゃないぞ」

浦原が不本意そうに反論した。

「普段はあの子たちがいるんだから、下手に手を出せないだろ？　今日はまあ、デートらしいデートというのを宏斗と一緒に楽しみたかったたし、最終的にはこうなれたらいいと思っていたんだ」

腕の中の宏斗を見下ろし、前髪をそっと指先で払って額にキスを落とした。

「……最初から計画済みだったのかよ」

「あくまで予定だ。途中でアクシデントが起こるかもしれないからな。羽海と空良がホームシックになって急に呼び出されるとか」

浦原の譬《たと》え話が気になってしまい、手探りでズボンを引き寄せようとした途端、ズキッと腰から臀部にかけて激痛が走った。うっと呻いた宏斗は、ベッドの縁から上半身を投げ出したような恰好で硬直してしまう。

「おい、大丈夫か？」

事情を察した浦原が、脱ぎ捨ててあるズボンからスマートフォンを引っ張り出し、宏斗に渡してきた。

「ごめん、ありがと」

あれだけ欲望のままに後ろを酷使すると、このような反動に苦しめられるらしい。次からは加減しなければと心に誓う。じんじんとまだ何かが挟まっていそうな下肢の違和感と痛みを堪えて、画面を操作する。何も連絡が入っていないのを確かめてホッとした。

「よかった。何もないみたいだ。今頃ぐっすり夢の中かな……」

ふいに背後から伸びてきた腕が腰に絡みつき、強い力でシーツの中に引き摺り込まれた。強引に思えた腕は、宏斗の腰を庇《かば》うように配慮した動きでゆっくりと手繰り寄せてくる。背中に硬い胸板が当たる。ぎゅっと抱きしめられて、首筋を軽く吸われた。

「んっ……ぁ、ダメだって……痕《あと》、残すなよ」

「わかってる。見えるところにはつけないから」

唇を肌に這わせながら、肩甲骨に口づけて、脇下の柔らかな部分をチュッと音を立ててきつく吸った。チリッとした痛みとともに、肌の奥の細胞が妖しくざわめく。

「……ぁっ、も…もう、ダメだってば。離して」

身を捩るが、浦原は執拗に宏斗の背中にキスをちりばめてくる。時折きつく吸われて、びくっと体を強張らせた。淡泊だなんてとんでもない。浦原は相当ねちっこいセックスが好みのようだった。

激しい情交に宏斗が先に根を上げて渋々許してもらえたもの足りないというふうに脚を絡ませ肌を密着させている。

「次はいつこうやって抱き合えるんだろうな。あまり間があくと、宏斗も辛くなるだろ？せっかく、ここがいい具合に弛んできたのに」

肉付きの薄い尻の狭間を指先でなぞられて、ぞくっとした宏斗は思わず背を反らした。その瞬間、ビキッと腰に痛みが走り息を呑んで固まる。

「宏斗？　悪い、大丈夫か」

「……家に戻れなくなったらどうしてくれるんだよ。あと何時間かしたらあいつらが帰ってくるのに」

涙目になって睨み付けると、浦原がそれはマズイなと焦って、宏斗の腰を懸命にさすってきた。

「もしもの時は、ぎっくり腰になったということにするか」

「ヤダよ。年寄り扱いされるだろ？」

文句をつけると、浦原が神妙な顔をして言った。

「わかった。今日は、俺があの子たちの面倒を全部引き受けるから心配するな。お前はゆっくり休んでいればいい」

そっと宏斗を向き直らせて、労《いたわ》るように腰と頭を撫でながら抱きしめられた。直に触れる肌のぬくもりが優しく、ホッと心も休まる。お気に入りの止まり木を見つけた小鳥のような気分だった。愛しくて離れがたい。

この恋人を一生手放したくないなと思う。

最初は浦原を、昔出会った捨て犬とだぶらせて、自分たちが彼の心の拠り所になれたらいいと考えていた。それがいつのまにか、宏斗自身が彼を心の支えにしている。

「……さっきの話だけど」

「うん？」

頭上から甘やかすような声が返ってくる。

宏斗は浦原の鎖骨に頬を摺り寄せて、言った。

「俺も、何週間も放っておかれるのは寂しいから。たまにはこうやって抱き合いたい」

浦原が押し黙る。瞬く彼を上目遣いに見つめた。

「だからさ、伊澄もうちにお泊りグッズを置いておかないか？」

「……いいのか？　あの部屋に俺は泊らせてもらえないんだと思ってた」

「そんな決まりを作った覚えはないよ。そっちがいつもさっさと帰っていくから、何か伊澄のポリシーみたいなものがあるんだと思って引き留めるのも悪い気がして」

拍子抜けしたような沈黙が一瞬落ちた後、互いにプッと吹き出した。

「あの子たちが卒園するまであと一年か。卒園したら、四人で一緒に暮らしたいな」

浦原の少し先の将来を見据えた言葉に嬉しさが込み上げてくる。

「そうだな。男の子が二人もいるし、成長期に入ったらあのアパートじゃ狭くなるだろうから、もう少し広い部屋を探して……」

楽しい妄想が次々と膨らむ。おそらくその裏では、乗り越えなければいけない障害がいくつもあるだろう。予想外の出来事だって起こるはずだ。双子だっていつまでも子どものままでいるわけではない。思いがけない局面に立たされたり、彼らと真っ向からぶつかり合ったりすることも出てくる。

それでも、浦原が傍にいてくれたらきっと大丈夫だという確信があった。

時には彼を支え、時には支えられて、そうやって生きていける相手に出会えたことを嬉しく思う。

「愛しているよ、宏斗。羽海も空良も愛してる。三人の傍にいさせてくれてありがとう」

胸が詰まるような優しい声で浦原が言った。

「これからもよろしく頼む」

「……こちらこそ」

軽く伸び上がって、浦原に口づける。少し驚いたような顔をした浦原が幸せそうに微笑んで、宏斗の唇に自分のそれをゆっくりと重ねてきた。

ぼくたちは知っている

「最近、ヒロくんと先生がなんだかあやしいんだよねえ」

羽海《うみ》がカウンターに頬杖《ほおづえ》をついて、悩ましいため息を漏らした。

皿を拭《ふ》いていた鈴本《すずもと》はぎくりとする。同じくカウンターで空良《そら》のココアをフーフーとさましてやっていた寅吉《とらきち》が、ブフッと息の加減を間違えて、茶色のしぶきを撒き散らした。

「もう、トラくんきたなーい！」と、空良がぷりぷりする。

「……あやしいって、何かあったの？」

何も知らない体で鈴本が訊《たず》ねると、羽海が冷めたココアを飲みながら、「いつも二人でこそこそしてるんだよ」と、唇を尖《とが》らせた。

「うん、そうなんだ」空良も神妙な顔つきで頷《うなず》く。「昨日も、ぼくたちが傍《そば》に行ったら、急に慌ててヒロくんは柱に足をぶつけるし。今日の朝見たら、紫色になってた」

「まあ、気にしすぎだよ。きっと大人同士の話があるんだって。……保育園のこととか」

「そ、そうっスよねえ。大人には大人の事情があるんだよ、チビッコたち」

「うーん、そうかなあ」

双子が揃《そろ》ってふくふくした頬を小さな手で押し上げるようにして、大人顔負けに頬杖をついてみせる。納得いかないらしい。色違いの手編みのセーターを身につけて、悩ましい顔で二人同時にココアを啜《すす》る姿が何とも愛らしかった。テレビCMでも見ているかのようだ。

「でも、ぼくたち本当は気づいているんだよ」

羽海がコトンとマグカップをカウンターに戻す。空良も難しい顔をしてこくりと頷いた。

「二人がぼくたちに隠れてコソコソしている理由を、ぼくたちは知っているんだ」

ぎょっとして、思わず寅吉と顔を見合わせた。おいおいおい、ちょっと待て。寅吉があたふたとし、鈴本もわけもなく辺りを見回す。幸いにも店内に客はいない。外は土砂降りだ。

子どもたちをここに預けた二人は、今頃スーパーで呑気《のんき》に買い物をしているはずだが、まさかアイツら、見境なく子どもたちの前でイチャついているんじゃないだろうな——？　大人二人は内心冷や汗を流しながら、心臓をバクバクさせて子どもたちを凝視する。

羽海と空良が目配せをし、思い切ったようにかわいらしい口を開いた。

「ヒロくんと先生は、ぼくたちに隠れて何かおいしいものを食べているに違いない！」


子どもたちの様子がおかしい。

夕食を終えた後、いつもならテレビの前を陣取っている双子が、今日はなぜかずっと台所に立って、洗い物をする宏斗《ひろと》と浦原《うらはら》に張り付いている。

「どうしたんだよ。こんな狭いところでウロチョロしてると危ないだろ」

「ぼくたち、カンシしてるからね」

「ケッテイテキシュンカンを見逃すわけにはいかないんだ」

「？　何の話だよ」

宏斗が首を傾《かし》げると、浦原が濡れた手を拭いて、「もしかして、二人が言っているのはこのことじゃないか？」と、ポケットから小さな箱を取り出した。

羽海と空良がハッと目を見開く。浦原が二人にも見えるようにかがんで、四角いそれの蓋《ふた》を開けた。中に入っていたのはチョコレートだ。

「……やっぱり、そうだったんだ」

「二人で、ぼくたちに隠れてそれを食べてたんだね！」

ズルイズルイと、双子が揃って地団太を踏み始めた。宏斗はぽかんとなる。まったく状況が飲み込めない。浦原だけが何かを知っていて、二人の頭を宥《なだ》めるように撫《な》でた。

「でもこれは、子どもにはまだ早いんだ」

「何それ！　騙《だま》されないからね！」

「先生のウソツキ！　これ、ただのチョコだもんね！」

「だったら、少し食べてみるか？」

浦原がまずは自分でそれを翳《かざ》ってみせた。割れたチョコレートの中には何やらとろりとしたものが詰まっている。「ほら、舐《な》めてみるか？　これが平気なら全部食べてもいいぞ」

双子が不満そうに唇を尖らせる。宏斗は思わず瞬《しばたた》いた。「ちょっと待って、それって……」慌てて割って入ろうとすると、止められると思ったのか羽海と空良が競って舌を伸ばした。

ペロリと舐めて――次の瞬間、「うっ」と、たちまち顔を歪《ゆが》めてみせる。

「まずい！」「すっごくにがい！」

ぺっぺと舌を出して足踏みをする二人に、宏斗は急いで水を飲ませてやった。子どもの口に合わないのは当たり前。あれはウイスキーボンボンだ。

「どうだ、まずかっただろ？」浦原がニヤニヤと笑う。「でも、大人はこれを美味《おい》しいと言って食べるんだぞ」

「……これがオトナの味」

「ぼくたちにはまだ早かったね。おいしくないもん」

「なーんだ、もっと美味しいものかと思ってたのに。空良、お風呂入ろっか」

「うん、そうだね羽海。ヒロくん、ぼくたちもういらないから、二人で食べてていいよ」

食べかけのボンボンを宏斗に押しつけると、二人はトタトタと走って風呂場に行ってしまった。まだ話の見えない宏斗は、苦笑する浦原に説明を求める。

「スーパーで蘭丸《らんまる》から電話がかかってきただろ？　俺たちが怪しまれてると教えてくれたんだ。どうも俺たちが隠れてこそこそと何かを食べてるんじゃないかと疑っていたらしい」

チョコレートはスーパーで購入したという。バレンタインデーも終わり、ワゴンセールをしていたのだ。それにしてもいつの間に買ったのだろうか？　まったく気が付かなかった。

「何でそんな疑いをかけられてたんだろ？」

宏斗は首を捻《ひね》ると、浦原が困ったように笑って言った。

「それはたぶん、俺たちの仲がいいからだろうな。ちょっとは反省してる」

「え？　どういう意味……んっ」

掠《かす》め取るようにしてキスを奪われた。不意打ちにびっくりして、宏斗は思わず辺りをキョロキョロと見回してしまう。「大丈夫だ。あの子たちはお風呂で騒いでるから」そう浦原が言うように、シャワー音に混じって二人のはしゃぎ声が聞こえていた。

「お前のせいでもあるんだぞ。そうやって、すぐに顔を真っ赤にするから疑われるんだ」

揶揄《からか》うみたいに頬をつつかれて、宏斗はますます顔が紅潮するのが自分でもわかった。

「し、仕方ないだろ！　そっちが急にやらしいことしてくるから」

「それもお前が悪い。そんなかわいい顔してみせるからついつい触りたくなるんだよ」

いきなり腕を引かれて、ぎゅっと抱きしめられた。もう、と軽く睨《にら》み上げながらも、抵抗はしない。食べかけのボンボンを浦原の口に押し込んでやる。咀嚼《そしゃく》し、肉厚の舌で唇を一舐めした浦原が、ゆっくりと顔を近づけてきた。宏斗も目を閉じる。

今夜のキスは、とろりと濃厚で甘ったるい大人の味がした。

あとがき

この度は拙作をお手に取っていただきありがとうございました。

お話に出てくる双子くんたちは五歳児なのですが、五歳というともう本当に大人顔負けの会話力だったりするようです。一体、どこでそんな言葉を覚えてきたの⁉　どうやったらそんな話になるの⁉　と、毎日驚きの連続だそうで、そういう子ども世界の不思議がこちらの双子くんにも出ていたらいいなと思います。パパ二人はどちらも保育士さんですから、何事も子ども中心でなかなか恋愛が進みませんが、ゆっくりゆっくり絆を深めていく彼らをみなさまにも見守っていただけたら幸いです。

今回もたくさんの方々にお世話になりました。この場をお借りして御礼申し上げます。

カッコカワイイ大人二人と、思わず頬擦りしたくなるようなふくふくほっぺのチビッコたちをステキに描いて下さった街子マドカ先生。そして相変わらずご迷惑をおかけして申し訳ない限りですが、いつも頼りにしております担当様。本当にどうもありがとうございました。

そしてそして、なによりも最後までお付き合い下さった読者のみなさま。心から感謝しています。

どうもありがとうございました！

棒名　悠

✦初出　ダブルパパはじめました。……………書き下ろし
パパたちのヒミツゴト…………………書き下ろし
ぼくたちは知っている…………………書き下ろし

榛名　悠先生、街子マドカ先生へのお便り、本作品に関するご意見、ご感想などは
〒151-0051 東京都渋谷区千駄ヶ谷 4-9-7
幻冬舎コミックス　ルチル文庫「ダブルパパはじめました。」係まで。

幻冬舎ルチル文庫

ダブルパパはじめました。

2015年10月20日　第1刷発行

✦著者	榛名　悠　はるな ゆう
✦発行人	石原正康
✦発行元	株式会社 幻冬舎コミックス 〒151-0051 東京都渋谷区千駄ヶ谷 4-9-7 電話 03(5411)6431［編集］
✦発売元	株式会社 幻冬舎 〒151-0051 東京都渋谷区千駄ヶ谷 4-9-7 電話 03(5411)6222［営業］ 振替 00120-8-767643
✦印刷・製本所	中央精版印刷株式会社

✦検印廃止

ISBN978-4-344-83556-6　C0193　Printed in Japan